本書由河南大學黄河文明省部共建協同創新中心資助出版

◎清代中州名家叢書

徐作肅集

王利鎖　點校

中州古籍出版社
·鄭州·

圖書在版編目(CIP)數據

徐作肅集 / 王利鎖點校. —鄭州 : 中州古籍出版社, 2019.11
(清代中州名家叢書)
ISBN 978-7-5348-8853-3

Ⅰ. ①徐… Ⅱ. ①王… Ⅲ. ①中國文學-古典文學-作品綜合集-清代 Ⅳ. ①I214.92

中國版本圖書館 CIP 數據核字(2019)第 214416 號

出版社:中州古籍出版社
(地址:鄭州市鄭東新區祥盛街 27 號 6 層　郵編:450016)
發行單位:新華書店
承印單位:河南大美印刷有限公司
开本:890mm×1240mm　1/32　**印張**:4. 25
字數:96 千字　**印數**:1-2 000 册
版次:2019 年 11 月第 1 版　**印次**:2019 年 11 月第 1 次印刷

定價:18. 00 元
本書如有印裝質量問題,由承印廠負責調換。

前言

明末清初，文人雅會結社之風盛行。據何宗美《明末清初文人結社研究》統計，天啟、崇禎時期的文人社團有近一百三十家，『從數量、規模、聲勢等方面看，此期的文人結社都達到了至高峰』。不過，從行政區域看，明代文人的結社活動主要興盛於江南尤其是東南地區，中州地域相對而言比較沈寂，僅有海金社、端社、確園社、雪苑社等幾個社團。其中，歸德商丘地區的雪苑社人才薈萃，名家輩出，最值得重視。

雪苑，亦稱雪園、梁苑、菟園。西漢梁孝王曾在此筑東苑，集聚當時著名文人如鄒陽、枚乘、司馬相如等從事文學辭賦創作活動，是西漢著名的藩國文人羣體之一。南朝劉宋著名文人謝惠連曾作《雪賦》，詠嘆梁王文人群體的文學活動，雪苑社即因此而得名。雪苑社初創於明崇禎十二年（一六三九），盟主是商丘名家子、大才子侯方域，其他重要成員有賈開宗、徐作霖、吴伯裔、吴伯胤、劉伯愚等。據侯方域《雪園六子社序》，起社事不久，崇禎十五年（一六四二）即趕上李自成農民軍進攻商丘，『雪園有寇難，四子者死，余與賈子開宗散而之四方』，『雪園之社虛無人焉』。順治二年（一六四五），侯方域自江南回商丘後，與徐作肅等『相見欷歔，言及雪園舊事，流連者久之』，於是又議重起社事。此時，除原來雪苑社的侯方域、賈開宗外，又有徐作肅、徐鄰唐、徐來玉、宋犖參與其中，因此稱雪苑六子社。雪苑社成員侯方域、賈開宗、徐作肅、徐鄰唐等常聚會探討詩理，商榷古文，是當時河南重要的文學社團。雪苑社在當時河南及江南地區均有相當大的影響，許多江南文人都與雪苑社成員有交往。徐作肅即是雪苑六子社中的重要成員之一。

徐作肅（一六一六—一六八四），字恭士，河南商丘人。其四兄徐作霖乃前期雪苑社的重要成員。徐作霖『短小精悍，高辭盛氣』，『好學深思，常偃仰臥竟日，或草創後復毀之，然出而人以爲高文典册』（侯方域《徐作霖張渭傳》）。李自成攻陷商丘，徐作霖不幸死於亂軍中。徐作霖年長徐作肅十三歲，二人之間感情甚篤，乃亦兄亦師亦友之關係。徐作肅深受其兄徐作霖的影響，也非常敬仰其兄的爲人。他曾作《孝廉公家傳》《祭四兄文》『追思』徐作霖的『義烈』行爲和『慷慨』氣節。徐作肅也是一個『清剛方正，性有所不可，必形於色，發於言』（侯方域《贈徐恭士序》）的人，據劉榛《徐作肅傳》描述，徐作肅爲人『性疏散，峻風采，精悍之色，奕奕流眉宇間。狷潔自命，非一二所愛悦者，掃跡不與通』，『酒後論天下事，慷慨激昂，俯仰古今，又常不能自抑斂焉』，此可見其性格之一斑。

徐作肅與當時許多著名文人如侯方域、陳維崧、宋犖等都有交往，其詩文創作頗受時人稱譽。徐作肅文章今存兩卷，共三十四篇，以古文寫作爲主，基本没有應制之作。徐作肅文章寫作以書、序、記、傳見長，内容多是記述身邊的人和事，其中許多文章記録了他與當時文人和雪苑社人物的交往，以及商丘地區的風物人情，是了解雪苑社活動和商丘地區風土人情的重要文獻。如《壯悔堂文集序》《侯朝宗遺稿序》《宛雒集序》《賈静子古文序》《徐邇黄制藝序》《劉山蔚古文序》《趙士孺時文序》等，是徐作肅爲當時著名文人侯方域、陳維崧、賈開宗、徐鄰唐等文集所作的序，介紹了他們詩文寫作的初衷，記録了他們的文學活動和文集的編輯，對研究明末清初商丘地區尤其是雪苑社文人的創作活動和生活情狀具有重要的文獻價值；《商丘寺記》《子孫殿記》《水陸會記》，記録了商丘地區的風物名勝和民俗活動，對了解明末清初商丘地區的民間文化活動具有重要參考價值；《宋母傳》《孝廉公家傳》《賈静子墓誌銘》《侯仲衡行狀》，記録了商丘地區文化名人的活動事跡和生活情狀，對了解當時商丘地區的社會風俗和文化世家的家風傳承具有重要的價值。徐作肅爲文不事藻采，善于議論，常常於事理敘述中抒發自己的感慨，命意行文和文章風格同宋代王安石比較接近。計東《偶更堂詩稿書後》説他爲文『深文鍛鍊，一字出入不肯率然，其命意固已深遠矣』；劉榛《偶更堂文集序》即明確指出：『恭士之文峭而不輕爲，爲則逼半山。』計東、劉榛均與徐作肅關係甚密，對其文章寫作風格的評價有自身的體會，可謂把握精當。

徐作肅的詩歌今存兩卷，約一百四十餘首。從體裁看，他的詩歌創作有古體，也有近體，而以五古見長。從題材看，徐作肅詩歌大體可以分兩大類：一是朋友之間的酬唱贈答詩，多記録他與當時文人的交遊，抒寫朋友之間的友情和生活交往。如《次侯朝宗韻》：『澶漫干戈裏，隻身何處還。曳裾拙短鋏，垂首閉柴關。日冷開清霧，霜空静碧灣。年華知摇落，爲欲漱幽潺。』詩以明末清初『干戈』風云爲背景，感嘆『年華』『摇落』，抒發了『隻身何處』的清冷孤寂之感，詩歌看似平和却藴含無限的憂愁幽思。再如《送友人》：『揮手天涯去，烽烟共此樽。鄉心回片鳥，客路挂雙轓。雲濕秦山冥，風攢塞柳昏。長時遥憶處，相照豈堪論。』描寫了他對朋友離去的戀戀不舍，寄寓了對朋友的無限眷念，語短情長，情思綿綿。二是日常生活的即景感觸，常通過日常生活景物的描寫，抒發自己的感慨和幽思。如《感事》：『種菊連荒町，日往慰幽獨。期彼葳蕤華，芬襲深秋緑。泥淖苦積霪，凋隕一何速。青見棄置枝，菀生掃除蔌。榮落莽幽杳，造化具樸樕。延佇静夕陽，蟬鳴滿空谷。』詩歌以農事爲題材，通過對農事生活情狀的描寫，表現了他對日常農事生活的感慨，頗有陶公田園詩風味。再如《獨坐》：『十日步兵酒，一日子雲牀。端居容瀟瀟，玄陰鬱茫茫。黤黮上冷霧，淅瀝動輕颸。我心哀玉清，況更梅花傍。寒重芬彌烈，賞深意逾長。孰審尺步廬，悠悠自濠梁。寄謝餐霞翁，瀛島亦何鄉。』寫他日常生活情狀，清幽之中透射出他苦中求樂的生活态度，不妨視爲徐作肅的『陋室銘』。劉榛《偶更堂況詩稿序》認爲徐作肅詩歌『窈然以幽，巉然以峭』，幽峭即是徐作肅詩歌創作風格的簡明概括。徐作肅的近體詩也有自己的特點。如《九日憶南村菊》：『菊叢此際繁朱蕊，白社高城且暫留。未遂離被空悵望，可堪佳序掩林丘。狂歌潦倒無妨醉，照日參差憶更幽。安得移樽供漫興，罘罳斜遮點清秋。』以菊爲媒介，以陶公爲心像，表現自己的清幽情懷。再如《八月十四夜對客》：『共坐青天白玉盤，綺羅高襲夜光寒。静分促織聲哀動，望失銀河秋渺漫。縱横一枰殊未了，憑陵百杓肯餘殘。樓頭益上清思發，擬辨婆娑桂影看。』徐作肅善於在景物描寫中摻入自己的生活感受，往往將清思與情感結合，來表達自己的情懷，幽峭之中不乏清逸之氣。總之，徐作肅的詩歌創作最基本的審美風格是清逸幽峭，他的詩歌創作在雪苑社中是具有自己獨特個性的。

徐作肅的集名爲《偶更堂集》，由其子徐世際、徐世徵編輯而成，計東、劉榛分别有序。《偶更堂集》包括《偶更堂文集》《偶更堂詩稿》各二卷，有清傳盛堂刻本。一九八二年，上海古籍出版社據傳盛堂本將《偶更堂集》收入《清人别集叢刊》中影印出版。本書即以上海古籍出版社一九八二年影印本爲據進行點校。因底本目録與正文標題並不完全一致，點校時，目録從正文。計東、劉榛序和劉榛的《徐作肅傳》原在書前，現移到書後作爲附録。徐作肅作爲侯方域的摯友，曾選編過侯方域的文章，並對其文章進行評論。這些評論文字，對了解侯方域的文章寫作特點具有一定助益。現據清商丘侯氏家刻本《壯悔堂文集》輯出以作附録，以便讀者了解徐作肅的文章評點特色和文章觀念。特此説明。

限於整理者的學力，本書難免存在疏漏之處，希望讀者予以批評指正。

目録

文集　卷上

文集　卷下

詩稿　卷上

詩稿 卷下

詩余

附録

文集　卷上

贈陳將軍序

瀛海陳侯分鎮歸郡者五年，順治辛卯，乃擢涿州參將去。先是，順治二年，王師畧定中原，侯隸總戎孔公軍中。王師南下，留孔公鎮歸，侯即留爲孔公佐。三年，孔公移覃懷。朝廷以豫壤接荆楚，小醜未夷，擇近邑置總兵署於襄，歸郡更設參將焉，侯又代孔公爲參將。當是時，侯之望伐已駸駸顯著矣。戊子，寇起山東，殘曹邑。歸郡視曹甫百里，其畫疆纔五十里耳。夫襄，南控荆楚，餘頑未殄，地爲要。歸北據河，與全齊隣，一旦盜發肘腋，責又不下，襄蓋甚難其寄云。賊數渡河，侯屢摧其鋒，斬俘甚衆。賊奪氣，因不至大騁，卒就削平。

歸舊有演武亭，蓋明設爲郡將團練所也。久廢不治，侯更繕修之，用課職其中，勒爲文，且勵後之共位無怠也。侯律嚴畧裕，時方右武，兵悍暴，往往不與民直，而侯部署帖然，民頌樂之。從郡人士遊，又似雍雍儒者也。夫國家輕重考騭，擇人而寄。豫，古要地也，握重柄，寄閫外，爲天子鎮，初附之人心，非奇尤不足以壯藩維，而物重地大，各任一土襄事者，又豈尋常尺寸所能勝耶？侯之涖茲土也，宜矣。然以豫較天下，豫爲重；以燕較豫，燕又王畿。則朝廷之藉侯於涿，歸之不能私侯而不任天子輦轂也。必也或曰：涿，巖邑也，不遇盤根錯節，利器不顯，朝廷將以侯爲試耳，即侯固非一方任也。侯既與諸人士善，而諸人士於侯欲留之而不得也，各進觴以寵其行。乞予文，於是乎言。

南園詩稿序

吾郡蓋傳有五老云。五老者，宋太師祁國公杜衍，侍郎王涣，司農卿畢世長，郎中朱貫、馮平也。當日，五人者既老即致仕，觴咏以終丘園。郡史既誇載其事，而其畫像勒讚於石者，至今猶祠屋不廢。昌黎韓愈慨中世士大夫以官爲家，其送歸楊巨源至流連反覆，更爲媲美於二疏，豈非以退勇急流超然者之難其人與！吾又以爲遭世各異，出處斷然，名成高蹈，而得其文采風流者之尤至也。

予束髮即交侯子方域，因侯子拜其尊大人司徒公。侯子天下士，郡前輩文章寥寥，侯子於詩獨追正始。吾學詩遲侯子，而資侯子以不謬，竊謂侯子特出也。後益讀侯子仲父司成公集，喟然曰：『其在斯乎！予小子之得聞於侯子，而侯子之卓立不惑，淵源蓋有自乎！』然嘗聞司成公稱詩時，與夏邑彭别駕宣、司徒公三人而已。當是時，司徒公方爲天子任旬宣，而司成公專翰苑，故司成著作較富，名較覩，而司徒公不概見。甲申鼎革，司徒公亦解官去，溯大江，歷會稽，歸而斷志林丘，大創園亭於郡之西南，性不耽飲，而賦咏不輟。今年春，將刊所謂《南園詩》者，命予次之。夷猶冲粹，秩然渾成，與陶彭澤異曲同工。予至是而益歎，曩之深幸淵源於侯子者，殆猶未盡而重有感矣。夫士大夫能矯矯沈没中以爲世風，可述而誌也；約畧生平事著矣，其言並著，更可述而誌也。公歷官清流，有著聲，晚而超然遠寄，以公與五人者較，其遭遇夷險，奉身難易，或獨有天幸者不必同，而趨已同至文采風流，古今人又未易上下也。予既昔託晚交以近公，而又高風繼美近在吾郡，俯仰數百年之間，幾見夫得而遇者，而遇之即亦可以頌而傳矣。

壽高總戎序

豫固天下之中，而古所稱四戰之地也。其土平原邐迤，無峻山大澤、澒洞盤紆之險，而分當其要。肘函谷，連襄楚，東南吴、粤、甌、閩數千里間，控河山之半，非形家之所謂至重需人者哉？然無事，一淵雅之將坐鎮而未爲難也，否則中原爲腹心，非魁梧挺生非常之人，朝廷固不肯輕其託，而況當聖天子定鼎風塵，委任龍颷，一時專閫外之治，殿萬年之基，以爲朝廷安反側，闢草昧，其任又當何如哉！蘇軾曰：『問世之治亂，必觀其人；問人之賢不肖，必以其世考之。』吾益以信盛朝官人爲特精也。

歲丁亥，爲今皇帝受籙之四年，乃命高公職河南總兵。夫將之所才，曰智、曰信、曰仁、曰勇、曰嚴。求大將於世，兼之者未獲數數，公兼之矣。公英資偉畧，超逸羣伍，淮陰、曲逆、營平、定遠若夙具。鎮汝洛，壓慓悍反覆之氓，鼎魚潛伏，即全豫絶鼠竊也。戊子秋，寇起山東，陷曹歷單，飄忽河北，駸駸逼河干。公飛騎横摧其鋒，寇卒不得渡。追諸曹郡，大破之。寇嬰城無敢出，終討平之。而嚴紀律，不妄殺，所過，民稱頌之不置，又古之所謂遺愛與！然反側子自安，非公之克壯其猷，又何以能然哉！又何以能然哉！

明年春，值公初度。某某使來，屬予爲文，以引稱觥之獻。余惟新天子方定靖神臯，曲流偏端之材皆得自見，而公且胸蟠籌畫，掌成河山，斬鯨海波，立功名萬里之外，錫券分茅，非公而誰！公功方未艾，國家之運方升，即公之年，莫知所窮極矣。

嘉禾堂詩序

憶初晤牧仲也，蓋於侯朝宗坐上。時牧仲攜其所爲詩就朝宗質焉，而請朝宗介於予。予交牧仲始於此，而讀牧仲詩即始於此前四五年。予數數從里中聞牧仲善歌詩，能書，精騎射，而牧仲方同少保公官於朝，無從晤也。辛卯，予謬與賢書，受知於少保公門下士，而值公歸，誼當上謁公，因通刺牧仲，然遇牧仲病，不能出見客。友人賈静子者，少保公故交也，而朝宗又公之門人，當時號爲雪園社者，予等不數人在。乃竊聞公命牧仲交予三人。故牧仲及疾却，遂握手於壬辰之六月，一見盡歡。記朝宗語予曰：『我兩人見今之稱詩者種種，率南轅北適，離其次矣；牧仲少年，何其卓然旨歸也。』予從而接其人，温温玉立，不見世俗富貴者習，而詩章春容高秀，既和以潔，於古風雅之意不少間，牧仲殆天授耶？嗚呼！予方喜從靜子、朝宗，更樂得牧仲，進追雪園昔日之盛，而朝宗獨不幸而死，靜子且老，予自惟駑陋，漸以放棄，牧仲摛詞日益工，而又肆力而不輟，知茲事歸牧仲無多讓也。今牧仲方職於朝，備從官，更時方鼎定，如燕然之銘勛，郊廟升歌之有事，能出爲賡頌，以昭國家之烈，以薦帝天而大其用，若歐陽子之致惜於梅聖俞者，而及之不甚壯與！又豈特舄者諸子草茅託寄之比！予時時過牧仲齋，即其祖若父所讀書處，而嘉禾適産其庭，遂以名篇。其有成而不忝少保公之教也，或其徵也耶。

壯悔堂文集序

事有數百年失之而一朝得之者，有識者遇之，其咨嗟讚歎而急稱之，可知也。有數百年失之而一朝得之者，其在小者，猶不能不以之興感，況於數百年失之而一朝得之者，而乃在於經國之業，不朽之際，此其關於世，何如也。

嗚呼！文章至今日凡數變矣。《易》《書》《詩》《春秋》四子之書，以載道也，非可以文言也。歐陽修曰：『讀《易》者如無《春秋》，讀《詩》者如無《書》，聖人之文，不可及也。』至矣哉！修之研見至隱也哉！

世皆知誦蘇洵之文，而洵乃淵源於《孟子》。《傳》曰：『言之不文，行之不遠。』聖賢之文，莫不有條理，每進而愈出，而合離起伏，開文之變，而具乎規矩。放於戰國，接乎漢氏，而離離蔚蔚，爭長並出，亦巍乎其盛哉！漢氏之文不易盡，尤著者爲司馬遷、班固，固尚有不及遷者，而遷遂爲古今文之冠。然則合離起伏，極文之變，而莫不有規矩，後之學者，其尚求之遷焉可矣。

求工於字與句，晉以後之失也。昔人所以謂之衰也，直謂之無文焉可也。嗣盛嗣衰，而衰之極者至於明。古人之文潔，而明之文冗；古人之文精，而明之文膚；古人之文朴以蒼，而明之文媚，明之文鈎棘。夫晉以後，以其求工於字與句者失之，而在唐、宋，有韓、柳、歐、蘇、曾、王諸公，取其潔者、精者、朴以蒼者，而以合離起伏變化而一乎規矩者拯之。韓、柳、歐、蘇、曾、王諸公拯之，而明乃以其冗者、膚者、媚而鈎棘者，易其潔者、精者、朴以蒼者以壞之。文之統不亡，吾知必有韓、柳、歐、蘇、曾、王諸公，起於六代五季；有韓、柳、歐、蘇、曾、王諸公，起於六代五季，亦知必有若諸公者起於明。當此之時，而視其人，其所關何如也。需之而遇之，其爲咨嗟讚歎而急稱之者，又可知也，則余友侯子其人也。

侯子曩以詩與制舉藝名海内。海内凡在宿儒，無不知有侯子，而尚未見侯子之爲古文也。侯子十年前，嘗出爲整麗之作，而近乃大毁其鼎文，求所爲韓、柳、歐、蘇、曾、王諸公以幾於司馬遷者，而肆力焉，而其文已竟與韓、柳、歐、蘇、曾、王諸公等。昔司馬遷歷四海，周天下名山大川，廣而遇之，故其文奇偉，震耀古今，夫文非徒以辭也。侯子嚮嘗遊兩都，歷邊塞，浮江淮，盡吴越，觀覽人物之盛，所涉者多，則所得於事與理者益精。理足乎中而充其外，知與古作者發明矣。今將次所爲文行於世，其爲離合起伏變化而合乎規矩者，世應具見也〔一〕。

【校記】

〔一〕侯方域《壯悔堂文集》家刻本後有『壬辰秋九月，同里年盟弟徐作肅恭士書』一句。

宛雒集序

《宛雒集》者，集其年宛、雒所遊詩也。其年薄遊宛、雒，涉黄河，登嵩岳，往來梁、宋、南汝間，遊必有詩，故詩久而成帙也。《宛雒集》有諸寄贈矣，不盡及宛、雒也；不盡及宛、雒而以宛、雒名，在宛、雒所作也。

詩期於工，工必成於廣遊覽。子美雖聖，亦章於久滯蜀川；近世王元美以登岱傳；李于鱗以太華、馬陵、黄榆嶺諸什傳。雄奇岸偉特異之才，必藉靈境奥區而出，信哉。

或曰：子美即不遇，猶作左拾遺；王、李俱成高第，涉通顯。嗟其年，年過壯矣，宛、雒之遊尚在僕。僕，貧賤也。予曰：窮達者，世俗之情也；樹立者，君子之所勉也。以予讀其年詩久矣，而《宛雒集》益上。《宛雒集》中詩，有柔澹蕭散者，有抉新剔異者，有瑰偉宏肆、孤勁深渾者，而歌行、五古益上。今日詩人工近體耳，其年乃及見古人乎！然則蜀川以子美聞，岱宗以元美聞，太華以于鱗聞，山川靈異之勝，又若各有所藉。登嵩山者，吾不知作者幾家，二室之勝，抑亦有待於其年乎！我知其年當自得其所得也。即予亦貧賤者，坐空歲月，且爲貧賤滋愧也。其年年即過壯而未衰，窮達不可必，我不能不爲其年詩俯首，不能不爲其年忮，又何論其年於作述外也，我知其年當自得其所得也。

侯朝宗遺稿序

朝宗遺稿凡若干篇，余選六十二篇，以屬其子曉刊之。嗚呼！朝宗之爲文竟止於此耶！余與朝宗日夕晤語，時出其言以相示者，今止見其文耶！以朝宗之方爲此也，亦曾幾時，遂不自見其集之行耶！

朝宗生平爲文最易，亦最多，嘗半日可二三義，而海内數千百里，皆無不知有朝宗者，率自制義見之也。朝宗制義嘗有雲臥居之刻矣，又嘗有雜庸堂之刻矣。當其少年，才思横溢，事物感觸，賦咏而外，間於制義焉發之。即其尋常命筆，約不肯俯隨人，爲經生言，故每一篇出，人多驚異頌傳，而轉相望慕者，以其雄駿不羣也。陳黄門敘朝宗，以方豫章之陳大士，信然不可易。而朝宗此文，則自順治之庚寅。憶爾時，朝宗方與余討今古文，於軌度，古文則準之唐、宋八子，今文則準之考亭之章句。或間日一作，或日一二作，至命酒高談，將無虚日。而余拙鈍，偶一涉筆，他皆寄話言於酒。每賓從雜遝，號叫迷離，而朝宗之文成矣。嗚呼，何其雄也！

記一日晦前夜，與朝宗操馬箠歸月中，思方旬餘，率無不聯笑語坐將旦者，因戲謂：『我輩若此，何識月有盈虧？』而不謂朝宗之死，倏忽已三年也！或且悲朝宗之才，宜早遇而竟不遇！古之懷奇才而終悒鬱，不止朝宗也。且以謂朝宗之文在，雖死而得不死。要朝宗之文章歌詩，已庶幾於古作者，傳不傳不必遇不遇也。獨是以二十年交與其人，又屈指零落喪亂之餘，而復不幸夭折，裒集遺文，朋友之責，而痛悼及之也。嗚呼！曉其守而布之可也。

賈静子古文序

静子爲古文凡若干篇，其門人睢陽吴君伯其官京口選刻之。方始事，其子發秀攜數葉以歸，余讀之曰：『此可以傳静子矣。』

自静子有文字，名垂四十年，中間非譽參錯，余鄉誌静子墓，且及之矣。然要其遲遲不售，數爲變法摭華任誕有以召之，亦顧其科舉藝而非古文也。自鄉二三子起雪苑，於古文猶未深造，振興者在侯子朝宗。庚寅秋，静子自南來，朝宗預爲書，戲拈生平，欲遠道投之，動其一笑。作成示余，余驚喜甚，細爲品注。朝宗覽余注，亦且豁然指歸，易其鄉作，即朝宗前此猶未卓然也。静子歸，而兩人者講益力。静子年既老，識亦益定，而學爲古文，遂出入秉於法度，而一二趨時工進士業者，間猶誚之。歸震川曰：『近世進士之業滋盛，士不復知有書矣；不復知有書，遂不復知有進士之外之文。』今静子之文皆在也，其恬然有以馭其氣，粹然有以潔其詞，凝然、穆然有以遒健其章，澹宕其神，所得於抑揚斷續之間，固非淺涉者所幾也。

今朝宗之文世多好之矣，朝宗之姿皦固天授，不可躋，而静子確乎軌度大雅，卓爾稱我雪園二子可也。嗚呼！文章千古事，信其言矣。或聞於後者人人，而始不過一二人；或稍掩於一時，而大章於百世。夫以楊子雲氏而當時尊奉之者，獨一侯芭；曾子固之信於同學而不無顯晦，最後定有八家之列。乃静子所著，既幸有吴君表章之，宇内安知無廣有鑒之者！而更百世後，亦且傳之無窮，而目前者，又何須計！發秀來求序，因裁此付之。

贈陳中軍序

天下有同處於職要之勢者，一則較著焉，而爲論説之所詳，一則畧焉，而説未之及。得勿未嘗並衡焉，而知其均有所重乎？自昔以文武設官，文則遞相屬而至於邑之令，武則遞相屬而至於部曲之中軍。令，則其近民者也，勤撫字則必擇邑令，此從來論説之所詳也；中軍，則其近兵者也，導豫附則必亟中軍，此文士之所畧，而從來論説之所未及者也。天下惟相近者爲相親，凡事之可以周詳，各得能取下而樂附之於上者，惟相親爲能盡致其區區。若是，則近兵者之與近民者，其所重不亦等乎！一以固根本者，而一以寄安危，其不可不得其人也。幸而得焉，思亟取其人而表章之者，又當何如也。

吾豫當天下之中，朝廷審形勢之宜，既已取南之宛、北之衛，建兩總戎矣，復於吾郡設分閫焉，與相犄角，是吾郡重地，蓋與宛、衛等。順天陳公以絶類離羣之才，髫髫即服習韜鈐，業早以進士起家，其膺守備之命而來職中軍於吾郡也。凡宜於其職者，既廣訊博諏，方畧技擊，無有不逢之左右矣，而器度又莫知其際，下士若渴，一長一藝，具網畢羅，西第南樓，更情洽而意接。嘗一署分防矣，頌聲遍所部，屬僚各極其歡也。西川白亭之役，當事者廉，知公器之非常，獨以險地借公。處夾河一曲數里之内，立霖雨者八十日，挽强執鋭，躍駿披堅，一時他將士各次第居後，而公獨據其前，以百餘人之衆，捍要害之衝，士樂用命，無所謂縮朒不任者，而卒保無虞。歸而料理營務，而事治師懷，釐剔惟清，環所部又無不極愛戴之矣。愛戴之深爲思，起而歌頌之，羣相率而求予言。予謂兵，凶器戰危事也，倘無平日知方之訓，投醪之意，同甘苦之誠，相浹於無已，而欲一旦驅漠然之人而争爲之用，如肢臂之使不知其然，蓋亦難矣。觀於羣情之致祝，公非用其相親者以得衆耶！苟用其相親者以得衆，而百千萬人爲一心，遞而上焉，且不勞而受其成可矣。拊髀而思，將士者宜即一命而慎之，使置武置文並慎，必得其人而不以名，欲不坐進郅隆不然也。如公者固當亟稱之，以爲朝廷慶也。

四書正序代許司訓

覃、懷之於宋，隔大河南北之間，蓋五百里而遥。予幼時，每聞先進言及雪園人文之盛，竊心嚮往之。己未春，適司訓茲土。意所謂昔之傳聞而欲一見者，庶幾得晉接其人乎？詢之，多不幸死矣。客有以侯先生朝宗古文詞進者，朝夕讀，喜又出於常聞之外，因憶雪園人文之盛，豈無致專於濂、洛之學，以闡發乎心性之微者乎？當不徒文章之藻麗也。未幾，又得太守閔公所刻張先生于東《四書正》者，急取覽之。信乎！其裁去姚江、龍溪諸家，以折衷於考亭也，融其偏而會其全也，汰其疵而証其醇也，簡而該，條晰而不支，由宋諸子以上符乎四子者之奥，信乎其有合也。然則侯其韓、歐，而先生其洛、閩之續耶？乃侯先生之書，傾海内者已三十年；而先生所苦心積二十年，而閔公始刊之。甫成，而閔公歿。其家人載其版以去。里人澄嵐趙君懼不遂其傳也，遂重刊之，而請言於予。予固喜得是書而讀之，且欲多所購焉以藏之家，以歸而廣之梓里。方歎其成也，適得其傳，又幾幾乎將不偏其傳也。趙君之志，非予所樂取而與之哉！即物之不可磨滅者，斷不能終使其銷沈。此書誠不患其不傳，然是舉也，閔公爲之，地處其易，而今之繼者，勢有不侔，夫豈其篤好耶？趙君之志，非予所樂取而與之哉！況予又司訓也。

劉千之文序

千之文，曩刻於崇禎之庚午，曰《己庚存稿》。江右諸君子見之，無不震服。制義之道，自明萬曆後，破壞其體與奇詭其詞、怪誕其理者不可底。婁東張西銘，吳縣楊維斗，貴池吳次尾，虞山楊子常、顧麟士起於南，千之起於北，各出而維之，即雪園人士，彬彬一時，而南北遥相和，實千之爲之倡也。當千之與家霖蒼修社事，予方稚，往往從户外竊窺，至今猶髣髴其狀貌。不謂予及長，而千之乃遘難也。千之天才敏捷，其爲文最多，既没，甫四十。年家君藜問搜摭其散逸者，寥寥若干首，謀永其傳。

予受而讀，曰：凡世之可好而爲人所愛慕者，物無論多寡，無不得之而喜。當其既有而無，既無而復有，而忽然遇之，不勝其悲，更益不勝其喜。方千之《己庚存稿》之刻也，集可二寸有奇，中歷喪亂，今餘者纔數首耳，即藜問方勤採輯，能多得耶。況以今思昔，凋零滅没，世運之變遷，人物之興廢，交友之淪亡，覩千之文而觸緒紛來者，不知幾悲感也。而幸於童稚之所見者，乃衰老逢之，如遇故人，如接典型，其喜而樂識一言也，固未免有情也，又安得以不文亂也。

贈壻宋之塙入學序

吾鄉先達之以名賢著者，在明神宗朝，則曰宋莊敏公，在宣宗朝，則曰吾祖正人公。二公先後相去百餘年，嘗見莊敏公作邑乘，爲辨正人公奪情之誣，顧謂二公善也。兩家子亦世相善，近益迭爲婚媾。吾子世際既娶於今水部君子昭女，而吾女復許字太學君景先之仲器阜如。然吾邑仕宦之後之稱緜延者，惟我兩家同，即閭里之所頌傳，無不同，而户丁之多寡，以及仕進之赫奕則不同，豈先代之職官有差，即所施澤有間而箕裘亦有異與？抑後人之有勉有不勉與？

歲康熙之己未，阜如以童年一試爲博士弟子員。凡在姻戚，稱文以賀，例也。予乃執爵言曰：夫景先爲莊敏公曾孫，雖其先秋部公以來能繼其世，至景先之昆季，子孫日益繁，業日以茂，然景先之冢君聖躋復以縣令起家，諸孫多至七八人，方在未艾。前列膠庠者二人，今與阜如同雋而三曰佑宣者，吾蓋見其文矣，嘗驚異其才，而阜如又以髫齡一出而捷得，殆所謂瑶環瑜珥，稱其家兒耶！景先之德著於鄉，忠厚傳於世，以紹莊敏公無盡之緒，教成於家，固宜其子孫之蔚興也。然《詩》曰：『無念爾祖。』予惟期阜如乘其始進之年，用其方茂之力，策其英鋭之才，高翔傑出，近有以慰其父，而遠之以光昌其祖，即吾之冀望於阜如，又寧第約取而已也。在阜如勉之而已！予平昔每惴惴祖德之替，以訓於家，而舉茲以殷殷於阜如，亦誠以家聲之積不易也。猗與！使祖宗之炳炳於數百年者，而能相引於後，以永其熾，愈以動閭里之稱説，以爲盛事，則所責仔肩於後之才賢，豈其微哉！皐如勗之！勿謂我不以頌而以規也。

徐邇黄制藝序

嗚呼！此吾亡友邇黄徐子之所爲時文也。邇黄少以雄駿之才，早聞於時。其始也，馳騁於《左》、《國》、秦、漢之間，瑰瑋閎肆，涉筆七八百言，多至千言。故即爲博士弟子，即與食餼，即不試，試必高列，然第不爲科舉也，爲科舉即不遇。久之，益多讀書，文益日變，爾雅敏妙，跌宕深醇。每一出，人即善毁，無能毁邇黄者。然第不爲科舉也，爲科舉即不遇，故終於歲薦士而止。

嗚呼！邇黄蓋以儒修自命者也。遇不遇，非可以語邇黄，故邇黄亦非可以世俗遇合之文論。邇黄方究夫時文之創之原，即時文亦遂可以不多作。二十年來，蓋精討於宋、元、明之諸儒書，日夜研究，至手録者數百卷，故不恒作，作必有所發明，而文益卓。康熙己未，既老且歿矣。劉子山蔚集而傳之，及門侯川如刻之。山蔚介其子健、价問予言也，予進二子曰：『惟昔所謂斯文，金玉不可埋没，棄擲之者其茲集也與？雖抑於有司，已多見知於一時，得其人，後必知取而好之，二子珍之。然得無有誚其不遇者乎？然小試不多遇乎？遇不遇，豈可以論文乎！得無以爲大儒自命，方刊落支言，時文綺語，存其小或反累於其大乎？而豈所語於究其原而出之者乎？得無以爲時文者，從時者也，過時則已，亦傳其説理之書足矣，苟理則衷其當而文則鎔於古，即時文後先作者寧出於是乎？王、唐、瞿、歸，可與世共盡乎？二子珍之。』即爲我復於山蔚也。

劉山蔚古文序

予年十二三，即耳里中劉千之名。記崇禎之辛未，隣邑有新進士某，假千之文以行，一時無不嘉予，而虞山楊子常、顧麟士尤急賞歎，久之，乃知爲千之也。予雖幼，已聞而慕之。又六七年，予出交諸人士，而千之時逃於禪，不得近。又四五年，千之死城破之難。今老矣，乃得與千之之叔山蔚遊。山蔚之與千之，蓋劉氏後先相映者也。十年來，予每讀山蔚之詩若詞而喜，近益出其所爲古文，命序於予，而喜復踰望。其立言本於道，修辭準於古，神明變化於作者之間，縱横揮灑，無不如意，以暢其所欲言，而程度不失。嘗觀遷、固以來及唐、宋諸家文美矣，理不必醇，宋儒語録，要不可作文字觀。今山蔚志專於道，而追琢其文，抵掌古人，予之俯首山蔚，豈有際乎！韓子有云：『思元賓而不見，見元賓之所與，如見元賓焉。』予不幸而不獲交千之，其猶幸而獲交山蔚，不差足慰乎！然當千之之知名也，尚未暇作爲古文，而山蔚與之比蹤，乃不止於制舉藝。千之盡節於賊，義正矣，而旁入釋氏；山蔚則粹然儒者也。予之慕山蔚，安得不較千之爲尤至也哉！獨是千之稍出予先，當予不知爲文時，既不能進交其人，而遭亂以死；而山蔚又稍出予後，即與之遊，年紀逾邁，精力日以去而已，無意於兹，豈能從而相砥礪也？然則予後先其叔姪之間，亦秖深其感歎也矣。

趙士孺時文序

辛酉春，同年趙君刻其所爲制舉義存於家。自捷於會試而有房書，捷於鄉試而有行卷。東南之人不必論其文之盡善，凡得雋，率刊布其所作，若爲不可少之事。而江北多質朴，果其佳者刻稿，間出一二，又未必佳者之盡刻也。趙君捷於順治之辛卯，據今三十年，不刻之於昔而刻於今，何也？亦曰生平之精力聚焉，存於家以傳諸其子若孫云爾。

夫百工，曲藝之末，所效者手足，可見者目前，尚欲即其手足授之，以傳其業，況於文者經國大業，所勞者心思，可託者書册，而不謀其傳，可令後之向學者追望其前之著作而無從乎？昔予家家乘最詳，數十代之事蹟、詩文悉著，每一展閱，勿論遠近若干世，皆可遇之目前。而一旦失於兵戈，一世之間，尚爾茫然，蓋不勝恨。今趙君之子孫方盛也，冢君既以孫吴業起家成進士，而就儒術者日益進，以趙君之文具在，得使其似以續者，習而讀之，更取效於異日，且令久遠者亦覩之，當不第僅存其精力，擬之亡簪墜履之不忍棄已也。曩予友賈子開宗之論文曰：『文各有體。古文、時文，體不可亂。即古文之賦、頌、箴、銘、誥、教、表、箋，各有體焉，尚不可亂，況時文、古文之迥異乎。夫時文之體，必《采齊》《肆夏》焉可也，奔踶之馬，動將泛駕，安所用之。』余爲歎賞其言。趙君之文無乃若是，安詳和穩，不矜氣，不鬬險，斤斤於規矩之内，固制舉義之正則也。藏於家，問之世，何不宜也。

侯氏族譜題詞

一方之風俗，或始於一人一事而遂以成。其習之美惡，即不必有權以導之、勢恒動之以所見也。人不能皆賢，不能皆不肖，事日觀聽於耳目，久且安焉，以爲固然，是作者要也。嗚呼徽典！親族之訓著於《書》，《行葦》之詩作於周公，古之聖人，凡以爲教化之大者，固人人知也。自吾昔之及見於吾里也，其祖父兄必愛其子弟，其子弟必親其祖父兄。不惟是戚誼，等夷之少長之名稱，且有不少借者矣；子弟之見其父兄之友，且有如對其父兄者矣。今則一門之内，争訟者有也，弱則欺之有也，利則奪之有也，有急而反力以擠之有也。初偶行於一家，而今且漸而繼焉。若而人，不必貴强有力而使人爲之動，非其事之恬，習於耳目也耶？

里中之望族於今首侯氏。明則光禄太常公興於前，司徒、司成公聯於中，而比部亦再踵於今也。族繁處濶久而疏焉，或亦其勢。司成公之子曰方岳者，起而爲之譜，而於敦睦之約致其惓惓。吾謂侯子之舉，不獨於其一家之内爲可美也。夫變習之美而爲惡者，事可以一二人而釀衆人之漸也；則變俗之惡而爲美者，事亦可以一二人而感衆人於不知也。當風俗澆漓、骨肉寖薄之時，而有不忘一本之思，此其意固爲賢者之所急與！又侯子不敢專其事也，讓美於其祖，曰：『太常公志也。』且又非夫明於孝之大而可以風耶？侯子述其義，授予讀焉而求予言，因爲書其大者歸之。

文集　卷下

答宋牧仲書

歲月驅人，良友契濶，每一念至，惄焉興懷然。去歲曾接手教而未報，不意不以爲罪，又嘉貺疊承，且慰且喜，知足下遇我厚矣。吾輩讀書自待，期不同於流俗所聞，治行豈但可盈輿頌，實亦不負先公。爲仁不富，何足計懷。弟近全無佳況，遥念故人，殆輕肥衣馬，咏杜陵之同學；樹旄羅矢，切昌黎之有命也。足下乃以爲苦，然與否與？弟之差可者，際兒已向學，日授書十數行，識字數百，讀書五本矣，似在可教，想亦足下欲聞者，故詳及之。所賜席扇佳絶，然已夥矣；墨刻數種更妙。黄，古勝地，名碑必多，更望再搜以惠，不然，如赤壁竹樓等，不妨重出也。素不曾爲晝簿書，旁午何暇，爲且爲之即佳，竟似東坡奇甚，且戰且學仙耶，不止風流自是才大，尤欲有來即賜，不一賜而已，足下不以爲貪耶？附候隆祉不盡。

與陳其年書

入夏得躬一所郵書，秋來又得其白。令弟所寄，每接一函，輒數日披讀，如相對晤，能無欣慰，惜其一乃竟浮沈也。嘗欲作字奉候，慮先生無定止，且無從覓一便鴻，遂久失報。前示云，北上可假道雪園。方喜得握手，介山回，知行旌已在都門矣。非常之遇，行將爲天子貴近臣，在先生自分内事，要自否極得之，不得不爲先生慶也。但弟日益衰矣，此後無意公車，出處隔絶，可無嗟後期之難乎！先生以得孫爲弟喜，然弟邇來之樂，誠無有逾此者。弟生小兒時，年四十四矣。前此方慮無子，今且抱孫，兼此兒且聰慧，纔歲半矣，已能行立，漸作三五字語，日益不同，時時繞左右。弟迂拙，素知無大福氣，遂無大願望，户丁單弱，故差足自娱。先生方苦前星未耀，聞此當益心動，然無須慮也，以先生卜之，知有後必也。今既得賢媛矣，只將螽斯細講之，何憂多男。一笑其白，一見有公瑾之目，惜弟不能稱地道，主人俟細數晨夕也。鼏所賜烏絲佳刻，爲人竊去，曾許再惠，久成渴望，或並新詩文詞不拘某種刻未統，求賜教更感。

再與陳其年書

前十一月間，子昭人去，曾以一緘奉寄。及接臘月所惠書，計其入覽久矣，乃知竟浮沈也。弟近懷，大抵盡於前札矣。先生數惠問，而弟以無便鴻失裁，甫一進候，又不得即陳左右。而先生勤勤懇懇，顧我不置，且愧且感矣。弟無所長，不得從遊當世諸君子，然豈無往來僻邑，惠而好我者？要其所傾倒，惟先生與甫草，相遇則喜，相離則思，出於性情。今甫草長逝，所向往者，獨先生耳。讀先生昨書，追憶雪園之遊，情益往而深。然時過事遷，不特遠在千百里之外者，不能常有其樂，即朝夕里閾亦有不敢必者。自仲衡殁，每遇花月可憐，亦自索居久矣。因先生及此，益深浩歎，無怪契濶於千里之外者，今昔皆然，亦且奈何也。惟冀明德自愛，是所望於吾友新詩詞，更能録賜數篇，一獲諷詠，亦可如晤故人也。何如？何如？

又與其年書

六月十八日，亦人先生到，得知先生近況嘉盛，只文字之忙無虚刻，弟敬嘆以爲真翰林也。曏承索及先兄事畧，謹成一傳奉教。大抵先兄才、膽、識，實有不同於常人者，以不仕，故無事蹟可述。朝宗所爲傳文佳矣，但其中有一二未確者。甲戌之副車，乃懼沮於本房，非主考也。其罵賊而死，即朝宗實見之。彼時言之鑿鑿，而傳中曾未詳悉，不知何故。敢據所聞書之。至言之不文，非所計也。每思得先生一墓表，以爲先兄寵，蓄之有年，然未敢驟啟，俟容專懇可耳。微儀佐緘知不罪，窮措大人情也，一笑。

答計甫草書

兄言長沮、桀溺，大是解頤。管幼安、華子魚，鋤田遇金，一不異瓦石，一捉而擲之，即以此判管、華優劣，忘與不忘之間，正自境地有殊。此兩人等分齊稱，經千百載後，兄言一出，遂若發蒙，真匡鼎説《詩》也。知善讀書者，標新領異，即在童子熟習中。

商丘寺記

郡之南，逼郭門而左者曰唐開元寺，顔魯公《八關齋會報德記》石幢在焉。去寺西南可四五里，曰商丘寺，今曰草寺，睨閼伯臺蓋里許也。浮屠之事盛，日增月異，而郡開元寺之來爲最遠。商丘寺創明正德間，詳萬玘《記》中。玘曰：『元大德時，有祠祀閼伯臺上，久之，爲僧設佛像，祠隱寺顯。商丘即閼伯封以名祠，寺因以名。明玘於水而移此。』是寺之來亦起元代。然則開元寺之傳，實藉魯公之蹟；而商丘沿於至今，亦託附閼臺之麓。與兩者皆古刹矣。寺前已再建。憶崇禎壬午，李自成將逼境，邑令學清野法，一時近郭祠宇毀棄殆盡。顔祠既不可保，將所謂石幢者，欲盡碎之，而以巋然不得仆。草寺之毀已過半，發殿角，有巨蛇，見鱗鬣轉動，乃止。順治己丑，少保宋公既舉顔碑，而亭之梵宇稍具，獨恨魯公祠者尚闕，而歲之人日，爲祀閼伯之期，每登臺遐矚，未嘗不歎商丘寺之頽覆也。六年前，有僧覺興來，環覽悽惻，詢居人謝某謀修之。冬雪夏日，僧身其中，泊如也。殿既完，廊廡厨垣，且次第舉，來請志其事。夫固幾三十年，兵戈之遷變，廢興之感之見於目前也。歲時瞻眺，幸再徘徊魯公之碑陰，而悼茲宇之不並葺也。是役也，知有以慰父老之耳目，而昔日巨蛇之異，或果有神物焉，憑之而卒興於今，亦其不得而滅没耶！異日過閼伯臺而一至焉，快還舊觀，而更有能復魯公之祠者，且日望之矣。康熙五年十月朔日記。

子孫殿記

出郡北門外，有廟巋然枕於郭門之左者，曰碧霞元君行宫也。環宫左右，棟宇參差，以奉諸神者不一，而位於宫之西偏者，是曰子孫殿。是宫考於廟碑，爲明季嘉靖乙未創修，據今已百有餘年。而風俗每四月十有八日，自郡内以洎數十里外，父老子婦喧闐奔走於祀事者，趾相錯，商販雜遝，以逮農夫野老錢鏄互市者雲集，蓋至於今如昔也。當崇禎壬午，賊破宋，一時城墉，官廨焚毁，留餘者計不及其半，而是廟巖巖獨存，豈其真有神焉式憑之耶？抑所謂物之成毁有數耶？然自壬午來，中值鼎革，人物之變遷之凋謝者，不知其幾。予近一至其地，見郡人之熙熙來者，既與予兒時不異，輟耒廢筐，嬉遊醉飲，於禮神之餘者半道上，太平盛跡，幾忘其爲在異代也。倘亦彼都之遺此其一耶？又何可聽其廢也。廟自遭亂後，今又十六年，其所謂子孫殿者，將就圮而新之，諸生侯曉請予誌諸石。夫後嗣生民之所最重神，其果司之，其爲之祠而禱焉，宜也，況又無戾於大義也。兹役也，始於順治五年孟夏之月，成於順治十四年三月之廿日。郡舉人徐作肅爲之記。

水陸會記

《禮》：『天子祭天地，諸侯祭其境内之山川。』自祖宗廟享之制，各有其數，罔敢踰越。蓋非鬼之祭，孔子顧已譏矣。《詩》曰：『琴瑟擊鼓，以御田祖，以祈甘雨，以穀我士女。』然則里巷編氓，歲時伏臘，勤祈報而歌樂之，其亦猶夫敦本者與。二氏之教興，而其意愈遠而愈失。禍福之説中於人，祠祀益多而遍天下，合神祇而盡享之，是惟曰水陸之供。郡東南二十五里，居人糾其事既訖，相與伐石勒名而屬予記，意習於修福之説而用自彰與。進而問之，計其興，則首事者某，分事者某；計其時，則始康熙元年，終康熙三年。年以七日計，其費則凡用銀若干兩，曰盛矣哉。顧於禮何居，無亦與其誠焉可乎？夫禍福吾不知，而一念之誠則可用，神道設教，先王固不廢也。明治以禮樂，而幽治以鬼神，亦導民於善者幾矣。匹夫匹婦，苟時時有神明臨其旁，而虔祀之意留於中，曰『神，吾鑑也』，而必不慢於君父，而必不欺於一心，推一念之誠，而俗且日化而爲善。夫善有其端，聖人引之，要吾所謂善，非夫若之所謂善，即勉於善，不必計其所謂福然，從而引之，行不越而網不干，求福不既多乎？能如是，即不事禱禳，不亦可乎！即與世安焉，而聽從事於齋壇，不亦可乎！遂授而書之，以告其與事之人。

成御史傳

明南京山西道監察御史成公諱勇，字寶慈，山東青州府之樂安人也。天啟乙丑進士。初仕江西饒州府推官。饒爲某公某公里，方抵官，其鄉人某，屬公以陰擠二公，予美官。公至，乃與二公善，政且諮請焉。魏忠賢竊政，生祠遍天下。饒故有閔子祠，撫檄發萬金新之，改祠忠賢。公即新其祠，乃更設閔子像。撫怒，誚之，公曰：『我止知爲閔子祠也。』會屬令有忤忠賢使者，公庇之，撫劾令并及公，就逮已至河，會思宗立，忠賢敗而止。

三年，以內憂去。起補開封。時周藩宗人多暴横，有校尉淫民妻者，嚴置之法。開封饒大豪，匿巡按署中者多，故例無敢摘發。巡按李按部檄緝奸胥，公廉，得諸豪狀故不奉，李再詰責，則於按署獲十二人各伏法，群寮錯愕。而知州某以奇貪爲士民訟，臬司亦心惡之，但以出烏程門，事幾寢。公不可，曰：『朝廷爲民設官，爲宰相設官耶？』窮治不少借。久之，再丁外憂。補歸德。公之强項廉潔，其天性也。其在開封也，衣饘或不充，郡守有覘其清貧，託疾以門税屬收十餘日，實以羡餘贈，約得千金，悉還之，再讓，終不受。而治歸德也如開封。未之官，輿吏往迎其家，一飯不能措至，屬令以金求薦者，叱之；又縛大司馬之私人騷驛遞者。五年考最，擬授翰林院編修，沮於陳啟新，改南銓。既召，對平臺。黄道周、劉理順等交薦，授南京山西道監察御史。是時，武陵相楊嗣昌奪情，上言：『天地所以不毀者，人爲之維；人類所以不絶者，禮爲之維。人之自别於禽獸，禮而已矣。禮莫大於倫，倫莫大於君親，未有不知君親齒於人類者，況秉國之軸，天子是毗者乎！苟實之有而箝人之口，廟堂即不議之，草野得而議之，後世得而議之。臣始謂嗣昌不知有君親也，固不敢責以忠孝。見嗣昌疏中有「仁不遺親，義不後君」之語，乃謂古之君臣，列國之君臣，可得而避；今之君臣，一統之君臣，無所逃於天地之間。是三年之喪，可行於古，不可行於今也。奪情起復，唐虞三代固未有，漢、唐、宋皆一統也，即言宋遵《禮經》，而不起復者，富弼、劉珙也；循故事而起復者，陳宜中、賈似道也。嗣昌將以富弼、劉珙爲忠乎？抑以宜中、似道爲忠乎？如嗣昌言，是凡爲臣者，皆不當終三年之喪，終則爲後君。先王之典禮可廢，人類不化爲異物不止。留一嗣昌，生天下不臣不子之心；何如去一嗣昌，樹萬世爲臣爲子之鵠。』反覆千餘言，章上，思宗怒，以爲恣妄，削籍逮京師。當其時，貪競已成風，公在御史，先是，抗疏刑部侍郎蔡奕琛受賄，爲吴中彦關通，又疏南中部曹，一日或受數詞，一詞株連數人，一人之費，少不下數金，甚而數十金，又甚千百金。一詞未畢，生産已罄，以黠猾爲訟師，代爲虛詞，越告隔屬，提未到官而魚肉無不至。言極痛切時弊。公既黜，旋值鼎革，居於崑崙山者十年。盜起歸里，築室曰蝸廬，讀書其中，著《君臣烔鑒》《西銘解》《蝸廬詩稿》《消閒録》若干卷。又五年而卒。公疾惡嚴而與民慈，惠之及於民者，於汴如植柳河堤，使無修築擾人，猶指之曰成公柳。而尤善知人，自任饒州以至歸德，凡三分闈，得士如張昉者，埋照高隱，殆有微契，而又拔王侯服於童子。順治戊戌，公子其範乃與侯服同舉進士第焉。

徐作肅曰：予於明季所覩郡司李，如公之前，蓋有萬公元吉云。兩公潔操猶人人思之矣，其忠鯁大畧，皆足爲國家藉，而各偃蹇不一大用也。萬之稍稍欲見晚矣，僅以節著；而公卒沮於削奪。嗚呼，賢人之於國運，果有若或符於其數也哉！

宋母傳

宋氏之稱賢母者，曰丁太夫人焉，是爲文康公之母，而不知公之從弟森有母曰陳孺人。丁太夫人之撫文康公也，甫八歲，而森亦以八歲失怙，陳孺人撫之，爲崇禎之己巳。今康熙十年，孺人迺棄世，惟孺人之苦節始終，計四十三年矣。當時，與丁太夫人茹蘗和熊，顧後先相望也，兩娣姒交相愛，亦交相勉，其志行在門内同，而聲流遠近著門外者不同。蓋文康公既貴極，故生榮死哀，顯諸朝廷之典禮與卿大夫之表章，無不知丁太夫人者。而森處一明經，孺人之行，遂不傳於閭里外。森，孝子也，既葬孺人，過肅曰：『吾母之艱貞，鄉黨所悉也。惟母之葬，尚闕墓門片石。森豈實畧，森不才，亦妄欲冀尺寸進，庶博異日之貤封，爰請銘，耀母幽宫耳。獨是目前泯泯，匪朝夕安，幸姑誌其概然。』孺人不惟今與丁太夫人異，而昔且殊也。丁太夫人歸福山公，福山公固清節，丁太夫人實偕邀一命。而森太翁湛諸生耳，貧困非丁太夫人伍，然卒能砥礪以成其子，而家日豐，更遠過太翁時，夫潔操固不可没矣。至於斷志，窮窘孑立間，且成其子，且豐其家，抑又賢而才，孺人於是顧可見太翁而不負也。

森，孝子也，竭蹶自淬志，褒美於墓上者，不少忘，行將不負孺人。孺人即不比丁太夫人，以視世之慷慨，堅忍終其身於未亡。人而無子以慰，無人與傳者，以嘗所見聞，又多可悲也。

孝廉公家傳

四兄孝廉公諱作霖，字霖蒼。少頴異，爲文峭岸不羣。年二十，父廣文公年老，用例以貲入於庠，公弗屑也。學使者何應瑞來校士，公請更從童子試，補諸生。入貲生例考優者充附，公試又得附。應瑞銜其兩試溷法，降從社，然終奇之也。未幾，學使者潘曾紘試第一，會南昌萬元吉知公，即以第一人領崇禎庚午鄉試。公有濟世志，甲戌，再上春官策，有崇苛察密法令語，乃深中天子之隱者。分校傅冠薦之，主司已入録，轉憶其言直，恐得罪，游移久之，卒置副車。中州之文，前此頗未大振，公與劉伯愚、侯方域、吴伯裔、伯胤等，實起雪苑，一時江左有徐、吴、劉、侯之目。初，鄉薦時，里人覽其文，率相顧錯愕，得東鄉艾南英論乃定。久之，且爭譽云。公凡四對策，悉不遇，益多讀書，與同儕相砥礪，值國事日非，未嘗一日忘澄清也。其膽識過人，時遇盤錯不能决者，公應口剖之，義有當爲，即彊禦不畏也，而强智者當之要無不辟易。吴伯裔有詩曰：『舌鋒孤峭徐霖蒼，眼大如斗氣如霜。』侯方域傳曰：『短小精悍，遇人皆以奴蓄之。』差得其髣髴焉。崇禎十五年，李自成寇宋，從當事者死守，多所計畫。城破之日，有見公於賊中者。是時，賊來，率無不易衣飾，匿姓名，親知相遇皆佯爲不識，以冀倖免。公仍服其常服，一遇見者起揖如平時，辭氣激烈，見者俯首不敢答。見羣賊，或勸或怒，蓋奉其主之令欲迫脅公以用，故不驟遇害，見者逡巡去，公語之曰：『若輩皆草竊，旦夕授首耳！我即未官，已深荷朝廷恩，肯爲若汙耶！』與子便永訣，俄傳死於賊矣。賊退，後見者與予言甚悉。嗚呼！公之志於死，固不待臨難始知之也。

弟作肅曰：公蓋長於肅十三歲云。廣文公之生肅也，年已過耆，肅方就學，嘗語肅曰：『吾長年，不能時教，汝當師事於而兄。』公實友愛，肅稍成立，皆賴公也。嗚呼！昊天不弔，今但餘《杕杜》之悲哉！然公固所稱得死所矣，即尋常涕洟，烏能以辱公與！烏能以辱公與！

書烟火神仙傳後

爲有仙之説者，漢武也。漢武之言曰：『世上安有神仙？』蓋求之不得而始以爲無也。』爲無仙之説者，歐陽子修也。修之言曰：『老之徒曰不死者，是貪生之説也。』貪生以求仙，雖棄萬事、絶人理以爲之，而終不可得，蓋必不爲有也。無所貪而浩乎與造物者遊，世不必有仙，不必求仙，而以仙名之亦可也。君子安遇耳，有所貪則强，强於迷惑嗜慾與强於却嗜禁慾則一，蓋强則忍，忍則攻苦，拘惡而不適於自然。吾不謂餐栢餌芝與逐勢追時者異，其禁情與肆情同也。仙恒不可必而先失自然之適也。君子安遇耳，而坦然而蘧然無與爲慕，即無所不得於其心，不知與夫仙者何如也。某寄情遐素，予覽所著《烟火神仙傳》，非求仙也，亦或幸道其無侈於外物，隨遇而安耳，然觀其自署似猶幾望焉，而或彷彿於其名。夫仙者，吾不知也，子而能是固庶乎。老氏之知足，知足近於道，何有於仙也。然即其無所貪而浩乎與造物者遊，何必以仙名之，又何必不以仙名也。而世俗之所謂仙者，其有與否，不必計也。君子而知道，又可不必慕也。

高德甫先生墓誌銘

友人高暾，予與交者二十年矣。予過暾，拜其父德甫先生者，亦十數年。自予未識先生時，時從里中人語，或道及先生，無不以爲樂易君子也。憶某歲，郡中舉鄉飲酒禮，先生讓不就。夫鄉飲酒禮，累朝之大典，以尚老亦以重有德也。然行之遠，而營私奔競者比比，漸至不爲當事所重，而人竊口實及是，予益心儀先生。康熙丙午，先生壽七十，予計偕便道祝其家，見先生笑言飲酒，神王也。越五年，而先生卒。暾涕泣來請銘，曰：『吾父繈褓失怙，大母攜之依外氏家。及就學，即克自攻苦，早列於庠，以慰孀母，志事母更益謹。』然予視暾，以少年博鄉薦，知先生之教，是先生上以孝於親，下以慈於子也。又曰：『吾父平生不喜事事，至退然，意朝所履夕報罷而始快，而人間有所託，則必誠必篤，然好尋常閭黨往來，相晤樂杯酒，倉卒率以爲適，而鄙語持籌。』是先生淳德高風，絶遠俗世者也。又曰：『吾父於物無忤，而至性則嶽立。當流寇破京時，吾父泣且不食，遂捐諸生，優游壠畝閒，終老如一日。』是先生之大節耿耿，又其可敬愛者也。又曰：『吾母王孺人，邑諸生之屏女，先吾父卒者三十年，今將奉吾母而祔焉。吾母幼能讀《女訓》而嫺之。在家，有以悦父母，用所習以；于歸事親，有以悦舅嫜；佐外，有以悦夫子。井臼操作，無少缺失。大母卒，而至號泣成疾以歿，聞者又皆感而樂道也。』是孺人之於先生，其又鴻妻、萊婦也哉。然吾觀先生豁達其性，坦夷其行，昔所接於先生，亦既傾其高標矣，而聞暾言益詳，遂不辭而爲之誌。

按，先生諱君弼，德甫其字也。上世爲句容人。某世諱天祥者，徙曹，又爲曹縣人。曹、宋鄰鄙，曾祖通復家焉，今更爲商丘人矣。祖獻頌，父儉，皆不仕。先生生於萬曆丁酉十二月十四日，卒於康熙辛亥五月二十六日，享年七十有五。夫人生於萬曆丙戌十月十五日，卒於崇禎辛未六月二十六日，享年三十有五。又繼配馬氏，次配劉氏、李氏，亦前先生卒，並祔焉。生三男子：暾，明崇禎己卯科舉人，娶潘士華女，王氏出；曒，娶庠生喬埰女，劉氏出；旼，娶庠生侯執端女，李氏出。三女子：長適庠生劉曙，王氏出；次適沈兆昌，馬氏出；三許字庠生侯之聘子述，李氏出。孫男六人：暾出者五，曰夢説，娶國學生宋之陞女，曰文獻，曰可徵，曰行義，曰有成，未聘；曒出者一，曰法孔，未聘。即卜以是年八月二十四日，葬於郡北中一里英賢村祖塋之次。孝廉張昉者，高士也，遯跡於世久矣，少與人作交際事，聞先生之喪，乃走而哭之。以詩銘曰：

利欲之没，士鮮潔己。嗚呼先生，有行如此。劖石幽室，其藏永只。

太子太保國史院大學士贈少保謚文康宋公墓誌銘代劉少傅

順治九年，太子太保、國史院大學士宋公薨。事聞於上，特贈少保。宗伯議禮賜祭，營兆廕子有差。明年冬，公子犖等既奉公葬其里鬩伯臺之左矣。時以謚典未下，暫輟其幽宮之石。後六年，公得謚曰文康。是年，公元配詔封夫人劉氏卒。又二年而祔，於公禮也。犖等並以其狀來請誌。曰：

公諱權，字平公，號雨恭。明末爲順天巡撫。李自成破京師，遣其將東畧地。公自遵化倉卒走白羊峪，連兵擊賊，遇黄錠等執之。數日，王師入關，自成敗。公以錠等詰將吏曰：『我封疆重臣，誓復國讐，殺賊者即我主也。若從賊，釋錠；不從，殺賊同我歸清。』衆憤呼『殺賊』，公乃籍所部來歸。詔以公仍巡撫順天，總轄山海、永平、密雲、昌平等處。

公，商丘人。周封微子於宋，子孫以國爲姓，相傳公微子之後云。曾王父雷，曾王母于氏、俞氏。王父暘，王母田氏。父沾，以孝廉仕福山令，嫡母張氏，母丁氏。自暘以下，皆以公詔贈資政大夫、國史院大學士；自田以下，皆以公詔贈夫人，丁詔封太夫人。雷之弟曰霓者，生纁，是曰莊敏公，爲明名臣。公年二十八，登天啓乙丑進士，初仕陽曲令，擢吏科給事中，調工、兵兩科左右給事中，以建言出爲山西按察司副使，終養起大名道副使，調順廣道副使，再調遵化。崇禎十七年三月，陞都察院右僉都御史，受命甫三日，而京師破。既擒賊來歸，以原官受新命。請解組，不許。順治三年，詔進内翰林國史院大學士。

公爲人清慎仁厚，事親孝，爲吏廉而慈。在朝廷慷慨，遇事敢言；及與同列，友和衷，退處澹於利欲。其爲宰也，治聲聞傍郡邑，後賊陷商丘，賊將晉人悉公治者，猶曰『此宋公家也』，遣人護其居。是時，璫人魏忠賢竊政，生祠遍海内，當事檄建生祠於陽曲，公獨持之。在諫垣，劾冢宰用人不效，貽禍封疆，凡三奏，直聲大著，銜之者衆，而憲副之命由此出。後太宗破昌平，有讀公疏於側者，太宗異之，曰：『中原若行此，豈不長有太平乎！』命録之。去任順廣，城破已三日，吏請檄税，不聽，集耆老諭之，復農業，民始不散走。歸朝廷，上言首乞崇禎廟號，謂舊主十七年間，聲色不嗜，而臣下不能盡職，以致盜起覆國，幸聖主殲賊復讐，祭葬以禮，普天誦慕，倘天恩隆渥，勅定廟號，以光萬世，誰不歸懷。詔可，士論韙之。明末，銓政既失，爭爲躁進，多竭百姓以圖遷轉，巡撫未幾而營卿貳，監司未幾而營巡撫，長吏尤而效之。公謂安民由於吏治，吏治由於考績，古法昭然。蓋事有一定之程則思守，無則思競，無久道黜陟而欲政成，難矣。請定考成之令，以三年通鳳等處。土寇高元寧、祁得珍、楊爾善作亂，次第平之，勸歸田者萬餘人。覩時事，條明分義、定郵符、辨等威，息訛言、嚴職守，肅關禁以上，又疏圈地，又論屯田之弊，準以按兵授田，請汰屯撫監司廳官。密雲等處祖軍爲累，切陳其害，得除，民便之，爲之歌德。蒙恩賜宴湯泉，復賜母丁太夫人宴，遂以不次參密勿方公之未代也，復平海子、紅門等賊，前後并平懷柔、馬山、固山等賊且數萬。丁亥，總裁會試。是時，文體詭僻，公力正之，奏言文體正則忠孝由此出，文體不正則奸惡由此出，而進士以狀謁者不受，曰：『爲國得人，非爲私也。』順治五年，奉勅纂《太宗實録》。丁太夫人憂，請終制，不許。益力請，遣官温慰，賜茶、酒、元狐。其居喪也，再命總裁會試，辭，復不許。疏歸葬者再，詔始給假六月，賜太夫人祭一壇造墳，併福山公、張太夫人合葬，歸途加太子太保。葬畢，赴闕。時天下之奸宄半營，爲胥吏以害民，倍逾往額，有司不敢問藩臬，藩臬不敢問撫巡，公請裁之。順治八年，上親政，以起廢，會推巡方之事，陳未幾，致政歸。自號歸德老農，一寓於酒。時引故人往來稱詩，劇飲而疾。有諫者，曰：『若知我耶？吾母逝，吾事畢矣。』飲如故，未幾而薨。於宦於鄉，各爲之請祀於庠焉。

公生八歲，而福山公卒於官，公從兩母二千里間關以歸，時王父母尚在，煢煢相依。及王父母、嫡母相繼以逝，公卒不負丁太夫人之教，以顯烈名世。聞公歸養時，手書《孝經》於堂，省定不廢。遭邑難，負母踰河，尋至白門，至京口，而終以成留侯之志，大從龍之績者，公之於國於家，庶幾盡矣。公詩文清和粹麗，善書畫。喜濟人急，歲饑收童乞百餘而食之，後聽之去。避寇城武，買田以耕，去，捐之學宫，他行事概如此。劉夫人者，舉人永貽女也，年十六歸公。時張太夫人已歿，事丁太夫人朝夕惟謹，太夫人嘗語人曰：『娶婦若此，足矣。』公之以建祠忤逆璫也，魏忠賢使使來偵，公欲抗疏，夫人曰：『人臣之義，以直獲咎，在所不計，然不念老母三十年之苦乎？萬一得罪，且無依，何如以病辭歸養？』公慨然拂衣，適忠賢敗而止。賊至遵化，夫人奉太夫人遁山中，飲食趨侍不少惁。公入朝，又以歸請。夫人無子，勉公納李、趙、郝三夫人，友愛之聲著於里。公薨，子犖請鬻産襄事，夫人曰：『産，歷自先人，非而父置也。且朝廷恩恤，蓋以重而父之清德，何必鬻之？』居平雖貴顯，不侈珍綺。諸子幼，勉之與賢士友。不輕以鞭扑施臧獲。曾爲至戚僕婦所侮，公起官，其人悚懼以請，曰：『不記有侮者，汝又何罪。』嗚呼！夫人之明大義，飭懿行，澹泊優容，公其得内助矣。公薨於順治九年六月十二日，葬於順治十年十二月十二日，享年五十有五。夫人卒於順治十六年六月二十六日，葬於順治十八年十二月初九日，享年六十有二。子四人：焞，幼以城破亡，李夫人出；犖，侍衛，娶明兵部左侍郎葉公廷桂女；炘，廕中書科中書舍人，娶監察御史王公應昌女，趙夫人出；炌，廕官監生，初聘少保兼太子太保、刑部尚書劉公餘祐女，未歸，殤，娶中書科中書舍人梁公遂女，郝夫人出。皆有才名，足以繼公。女三人：一適明太常寺卿侯公執蒲子生員慮，一適明光禄寺署丞侯公執中子生員懃，李夫人出；一許字予次子官生士元，郝夫人出。孫男八：四爲犖出，陸，聘户部郎中崔公掄奇女，餘未聘。四爲炘出，逵，聘庠生劉公榛女，起，聘庠生葉公元渥女，餘未聘。孫女六：四爲犖出，一許字貢生侯公忭子方至，三未字；二爲炘出，一許字舉人徐公作肅子世際，一未字。予與公鄉會同譜，既習公而重之以婚姻，謹次如左，而爲銘曰：

惟公遠世，肇自殷恪。神明之系，思皇迭迭。有明踵焉，去曀而霽。偉哉莊敏，駿起其業。隆、萬之際，福山繼之。不以仁人，而竟厥惠。善屈而伸，在昔之云。報施無戾，公也篤生。教則有母，蜚聲蚤歲。中更陸沈，志殲逆仇。爰依日月，翼翼其衷。桓桓其施，迺親撰席。公之訏謨，苗薙蠹剔。書在簡策，惟帝錫公。而先而後，昭德是赫。贔屭歸然，龍章爛然。寵兹幽宅，夫人祔焉。於配既宜，慶惟永錫。

賈靜子墓誌銘

余友靜子，年六十七而卒，卒之百六十一日而葬。其未卒也，嘗欲自誌其墓而未果。疾且革，諭其子發秀曰：『約我生所志者三：始富貴，中功名，終道德，而皆未有成。今不能自述，必求徐子銘之。』發秀來致命。嗚呼！靜子其可哀也哉。

靜子先余生二十有一年，余晚交靜子計二十年。予知取友時，靜子有聲亦且二十餘年，而顧未接靜子也。余從吴伯裔、伯胤、侯方域、家兄作霖方崇爲清真逸宕之文，而靜子尚揣摩，趨稍異，即所謂時志富貴者也。靜子年十五，誦時義千篇，已而耽李贄書，焚所誦文，不以儒自命。及出而試，以第一補諸生，孫傳庭、丘兆麟重期許之，而久困易習，予所見則固其壯之爲矣。靜子既數奇，屬天下多事，家喪破，思得一效去，依淮藩劉澤清，又往來大司馬史公可法軍，多所計畫。久之，勸清連三藩，通左良玉，以圖恢復，清不聽。王師入淮，清浮海去。辭清歸，而靜子已老矣。方域之避亂歸，以順治乙酉；靜子之歸，以順治丙戌。曏之所稱伯裔諸子，俱死於賊，而靜子學益醇，大肆力於紫陽、濂、洛。予與二子乃議論觴咏，不少間。方域既夭，而靜子亦老死貧賤。嗚呼！

我聞靜子少年，負其雄才，謂公卿不難得，不問家人生事，破産葬其妻。恥繩墨，效阮籍大醉六十日；又於上元服尨衣，倒跨蹇驢於市，不自羈束。睢有司氏張燈結彩，製銀瓢，容酒數斗，約勝者取瓢。靜子百里趨觀，登臺，一舉浮滿而持之去。一時意氣，嘗不屑有諸生餼，而卒於躓跌，晚纔一明經，流離江左，歸始實之。方域嘗曰：『大概其學行，恢奇漭瀁，以轍跡求之不可得。』〔二〕或者位置靜子亦宜然耶。予綜其生平，其言論浩渺，而人則長者，即稠人小子無不可與恢諧笑飲，而當大事則斬然。其於書無所不讀，亦終身不倦。其爲詩文，初尚僻異，而終出入廬陵、眉山、北地、婁江。其於仙釋，自謂各得其旨，而究當以儒歸之。

靜子姓賈氏，諱開宗，别號野鹿居士。卒於順治十八年十月二十五日，葬則康熙元年四月六日也，墓在城西，今古寺祖塋之次。先世太原人，明初始徙商丘。高祖以上皆不仕。曾祖鍈，贈淶水令。祖待價户部主事。父希生，鄭州訓導。娶周氏，早卒。繼孫氏，亦前二十年卒，靜子自爲誌。次劉氏。孫生二男子，二女子。德秀，城破亡。發秀，庠生，娶明指揮使趙復初女。女，一適庠生田國實子作洽，一許舉人宋名揚子瓚，俱殉難。劉生一女，適庠生張藴珵子子雍。孫女一，許庠生宋燭子坤。凡所著書若干卷，將與同學侯方岳、徐鄰唐、宋犖，其門人吴淇、宋炘、宋炌次而存之。銘曰：

胡際之薄，而蓄之厚。去來俱幻，亦何云有。嗟嗟靜子，悟孰與偶。其借於斯，以慰吾友。

【校記】

〔一〕王樹林《侯方域全集校箋》卷五《賈生傳》作『大概其學術行業，恢奇漭瀁，適于致用，然欲以轍跡求之，又不得也。』于此稍異。

侯仲衡行狀

先生諱方岳，字仲衡，姓侯氏。先世大梁人。遠祖成戍籍於歸德衛，今八世，爲歸德人。以明贈太常寺卿、再贈兵部右侍郎諱璣者爲曾祖；明戊戌進士、太常寺卿諱執蒲者爲祖，贈太常公之再贈兵部右侍郎也；蓋以其孫丙辰進士、明户部尚書諱恂者貴是，於先生爲伯；而以明丙辰進士、南京國子監祭酒諱恪者爲父。

先生髫而卓犖。自祖若父，皆以高第陟顯列。家學相師，遂與其從兄方夏、兄方鎮、從弟方域譟聲於大江南北間。方夏於清再舉丙戌進士，官浙江恤刑；而方鎮死於賊；方域與先生數奇，俱止一明經終。性孝友，賊破宋，流離中悉無所攜，獨負司成公所著《遂園集》者，北渡河。及歸，刊而布之。當司成公卒，事太常公惟謹。太常公察其才，命以爲家督，嘗謂其克承先業云。侯氏既著姓，族不下數十百人。先生懼漸離而疏也，約一歲兩聯於祖塋，間遞爲祭，藉餕餘以相洽焉。效昔人定族譜一書，其行多可法。順治時，先後應郡守邑宰命，與賈開宗、徐鄰唐、徐作肅同修《歸德商丘府縣志》。内深沈而外坦易，尤樂施予，即僕御卑鄙，一不見誶語厲色，而宗族閭里貧困者，必周之。商丘前於科第仕宦爲最盛，近且衰矣。堪輿家言，謂宜得夫文昌閣者，建於學之陽。先生毅然毁一屋以襄事，計捐資者十之八。其他梵宇、橋梁，補葺又不勝數也。意氣慷慨，排人之難，解人之紛。據今死之日七年矣，里人遇有事可屬，未嘗不思侯仲衡先生也。先生每視人事如己事，凡有涉於里黨利益以及友朋之諉託，未嘗以險阻辭。傍邑遠近來者，常座上滿，而先生不爲倦，謀之必誠。囊無餘錢，而日逐若置鄭驛也。暇即稱詩不輟，著有《食餘齋草》《存雅堂草》《片石軒草》。自崇禎壬午，賊屠我邑，劚之所謂雪園社者，纔餘賈子開宗洎先生兄弟，余姪世琛數人耳，後相繼死，而數晨夕者惟先生。先生樽酒唱和，日與酬應者，並嘗謔之曰：『公殆且戰且學仙耶。』因相與發笑。夫緩急，人之所時有也。平居所聞見，亦多感動激發，及臨事，退然不少見。賢豪間事，所可爲而曾無一人爲之，或不能拯濟人於艱苦，呼籲之下，世何賴焉。先生之爲一時屬望如此。先生方無病，一夕，與客飲散漏下，一鼓而疾作，二鼓而逝，享年五十有七。

先生年十六，爲學官弟子。三十三，與選貢。明末，曾一仕桃源令。未幾，以病歸。皇清定鼎，侍御甯公奉命採遺佚，同崔源之等十人薦之朝。方赴部，道病，未就。順治十一年，奉恩例仍復前崇禎時貢士。先生生於萬曆癸丑二月二十日，卒於康熙己酉六月二十六日。配趙氏，明直隸歸德衛昭勇將軍指揮使趙公純仁女；繼張氏，明鶴慶府知府張公志瑄女；側室戴氏。子男四人：杲，縣庠生，娶庠生李公去代女，趙氏出；昭，娶庠生沈公仁女，戴氏出；曦，郡庠生，娶户部福建清吏司郎中郭公熙女，後於伯氏；晏，娶國學生劉公允焞女，俱張氏出。女三人：長，適雲南廣西府知府沈公仔男，庠生悦；次，適寧陵縣庠生胡公長庚男，庠生宣，俱趙氏出；次未字，張氏出。先生之文雅豪爽著於時，四方諸名士之過商丘者，無不造先生之庭。而合肥龔尚書芝麓、秀水何侍御蕤音、吴江計孝廉甫草、宜興陳文學其年、西陵毛文學馳黄，並相友善。以肅之同里而知深也，杲乃屬次其生平，以求銘，謹狀。

祭賈静子文

嗚呼哀哉！子其返爾宅矣。

子之平日，戚里伏臘，文酒之會，未嘗不造，造未嘗不盡適也。惟二三子讀一書，未嘗不與共成一文，未嘗不與摘也。子之遺命，爰誌爾墓，誌既就，而乃聞郎君焚爾之側，而子不聞矣。有蕙者肴，有椒者漿，舉而酹者，環子故人，而止盈其樽矣。子當易簀，神氣定清，去來之際，若有所信，將無相隔者形而不間者神耶？子逝三日，而僕卒憒，恍惚見子，殁爲神明，初謂偶然，淹十餘日而常然。羅池之事，昌黎碑之，或陽者之詘而得陰者之伸，亦尚臨於此而人不可見耶？其泯耶？其未泯耶？

嗚呼哀哉！近睹郎君治子之喪，能盡其孝。其他持己，謹順以禮自準。子亦可於地下而怡然至其所爲。文章俟其葬且謀收拾，以永其傳。凡所以慰子於人世者，庶於是焉。

四陽屆序，日清以平。輓輀西郊，心摧淚濺。死者已而，塞情斷牽。未免有知，悽其能捐。嗚呼尚饗！

祭四兄文

嗚呼慟哉！不見我兄二十九年。追思遘禍，肝摧腸煎。兄之義烈，誰其或先。不屈於賊，朝宗所傳。發喪具儀，云胡不遄。亦以俟之，愈久益宣。其間留滯，兼苦世緣。死歸慷慨，生遂迍邅。嫂羈久櫬，亦惟弟愆。今駕雙輀，歸厝新阡。我祖東却，我父西偏。體隨物化，神往在天。兄其來歸，追依安便。

嗚呼慟哉！兄昔生處，兩姪周旋。榮亦同難，琛於世捐。弟今二子，拜送柩前。爰命次子，執兄豆籩。憑棺七日，慰此戔戔。望兄莫覯，淚灑几筵。嗚呼慟哉！尚饗。

詩稿　卷上

古詩四首

溟涬陶萬象，羣生會有適。情好畀初服，反之多乖隔。渥洼不南思，山雞不北宅。矯易使異從，何以安宿昔。李斯稱溷鼠，金門日嘖嘖。悠哉漆園公，犧牛獨蹙頞。

天半結綺閣，峩峩高百尋。美人處當中，雙膝横素琴。高唱寄白雪，學成多古心。欲彈轉嗚咽，拭黴自沈吟。聲響誰不聽，遐思忽不禁。有士號子期，哀哀喪瑶琛。此人莽隔絶，抱歌空好音。

有鳥名周周，銜尾向河梁。飲啄足勞物，凡族多張皇。東園覆車粟，羣噪競飛揚。鳳凰天闕來，逸音振鏘鏘。三顧始一下，飛向琅玕旁。飄然豈恒度，高舉凌青蒼。

鷄鳴茅屋顛，天静和風裏。碧水遶舍流，沄沄清心耳。桃源何輩人，一方成永止。野鶴戀孤汀，本自足幽企。傳是避秦爲，高標何必爾。緬想紫烟客，翩翩謝囂鄙。

遣興二首

捫星坐絶嶺，雲河列縱横。奎壁紛凝光，摇摇粲四映。天榮可探歷，塵爵何多競。去矣任雲泥，達士識正命。

大鯤滯污泥，强尾不能鱍。居身閉一室，四海徒空濶。尤物忌兼全，斯理終明達。反覆盈虚間，可使凡襟豁。

獨坐

十日步兵酒，一日子雲牀。端居容瀟瀟，玄陰鬱茫茫。黤黮上冷霧，淅瀝動輕颸。我心哀玉清，況更梅花傍。寒重芬彌烈，賞深意逾長。孰審尺步廬，悠悠自濠梁。寄謝餐霞翁，瀛島亦何鄉。

途中二首

危途横廓落，濩漭塞榛樹。客子迫行役，日日沙中暮。去雁翔遠洲，殘村起孤炷。我旅痡且饑，崎嶇方屢度。興瞻杏園花，當春紛藻布。不供芳林賞，取從路傍顧。路傍緬匆遽，何由展情愫。

吁嗟勿復陳，人生各有遇。

晨興理煩挐，雨灑征人衣。畢景欝崗邁，瞳瞳踏素輝。交霧鎖千林，曲渚引暗扉。放蹇青熒田，百慮倚荒機。刼灰飛古今，塵網誰是非。愧無凌風翰，胡能誇知幾。

同人宴集

驅步眺南郭，開冬驚節暮。暇居饒餘情，素心復此聚。迴飈結空聲，澹日拄黄霧。穠鮮遥甸枝，蕭摵烟中具。衡茅羌怡神，傾榼草間駐。遥望南征雲，悁悁一狼顧。

感事

種菊連荒町，日往慰幽獨。期彼葳蕤華，芬襲深秋緑。泥淖苦積霔，凋隕一何速。青見棄置枝，菀生掃除蔌。榮落莽幽杳，造化具樸樕。延佇静夕陽，蟬鳴滿空谷。

十一月朔日書村居壁二首

絶遠一茅屋，亂樹荒烟渺。久農依叢薄，謝彼華紛擾。蓐收先殘緑，箕伯下林杪。澹澹悲玄陰，誰此空天表。駕言遠遊適，熊狐紛獝獝。我廬覺餘閒，瓷樽介清曉。朱霞横光影，東西亘阡兆。不謂存幽便，乃兹繩樞小。

畠畠寒日騰，吹温散野圃。山雉雊委蒿，塞鴻叫庭户。作息驅蚩氓，余行時踽踽。閒心挂雲幔，廓落復誰主。惡鴟嚇鵷鶵，過者容攸取。惻惻簪紱客，磬折來姍侮。桑榆拙棲託，羶肥起豺虎。附炎復何似，蕭條此環堵。

陪劉公勇比部過古竹圃次韻

索處寡清眺，那復命巾車。夫君東南來，幽意動衡廬。新雨發朱明，芳甸若滌除。選勝梁王園，傲睨信徐徐。戛風翠竹欹，散霞紅藥舒。黄鳥亦已至，當杯意焉如。援毫步蕺山，尋古及黄初。瑶華重有示，令我氣無餘。回首詫去美，馳暉迅歸塗。懷歡緬何已，兹遊顧未虚。

題宋介山贈校書畫册三首

秋海棠

沐雨浄新容，天然澹復冶。枕藉西風前，旖旎北牕下。態濃睡未足，何似君王寫。

蘭

雅意可憐人，幽姿摘楚畹。遥遥吹芬來，拂拂好風綰。同心結阿誰，泫露凝涕眼。

梅

繁葩争綺錯，玉蕊自孤清。垂幹寒香滿，颭枝薄縠輕。仙郎林樾下，好爲欸月明。

贈陳其年

把袂延佳賞，金巵墮雲英。雲英光皓皓，君懷相與清。我思裴叔則，朗朗玉山行。君更曠達士，倏然遺世榮。鴟夷國計就，功名脱履輕。丈夫謝糾纏，矧乃一諸生。益闡靈樞理，此業莫與京。山中陶弘景，宰相可媲名。念我行潦倒，蹇疾遽爲嬰。梁園倘十宅，共爾飯青精。

春江花月夜

蘭葉參差瀼岸紅，岸花依舊坼春風。漁歌浦溆來月下，斜照疏林香霧中。淰淰春流带晚潮，暉暉一碧俯江郊。思婦樓頭驚去夢，幽禽磔格自還巢。此時樓外飛紅雪，對月辭柯怨慘别。江水不知春去盡，流霜有意照愁絶。萬里岷峨日夜浮，銜山落月送悠悠。幾人看盡江花暮，悔不從前秉燭遊。

大水

仲夏經秋雨不斷，城南大河平接岸。魚苗千頭縱道出，盤渦一視回雲燦。深涉來往怵行人，陰霾夕日濁水濵。水中豆葉苦飄瀰，羡爾白鷺雙高蹲。

梁園

此地梁園三百里，并傳隋堤幾萬尺。隋帝荒淫留異代，梁王盛事照今昔。當時豪縱亦甚哉，百靈山頭輦道開。鸞輿霓旌驕萬乘，清歌妙舞散平臺。却思美惡未全埋，後人景羡有鄒枚。梁王今日不可見，鄒枚久已葬塵埃。千年我向梁園來，幾尋遺址城東隈。仰睇青天墮白日，文章不得親傑才。雖然古人不復期，文章終爾無磷緇。寒風疑來舊日雪，恍惚授簡接一時。風流擬不在權貴，麗藻高懸山嶽低。冉冉修名慎所託，吁嗟漢年千有奇。吁嗟漢年千有奇，勝跡何止漢人垂。

苦雨

去年暑爲虐，越夏苦毒淫。今年熱不作，愁霖總見侵。一雨四旬失白日，三伏六月滌沈陰。貴宅回廓謂雨好，浄洗庭花花敷藻。貧家狼狽亦太急，土銼斷薪水淋濕。何堪促居逼堵牆，臨堦垂首嘆汪洋。孤電輕雷尚氣勢，沈綿那復更禁當。憶昨北鄰屋傾坼，半夜聲息驚魂魄。前日古坊倒污泥，百年碧瓦墮朱題。堂下蜻蜓只羣喜，堂上行吟愁未已。少陵空欲誅雲師，女媧鍊石亦荒鄙。忽看霽色開瑶室，落水雲光曳練匹。皇天或更憫禾黍，造物杳冥人莫悉。

思四兄霖蒼二首

鶺鴒原上穩相戢，妖蛟簸岸崩沙急。一者倉卒捲濁泥，一爲獨弔空天泣。嗚呼我兄！一十五年成永離，遭世胡爲與亂期。草纏何處收白骨，難忘壬午三月時。

丈夫義踞千仞一死輕，碎擊白玉聲琤琤。眼前聚散亦徒爾，百年固是同飄萍。兄去慨然百不計，知鄙尋常兒女涕。贈典曾聞下故國，一字光應安九地。

和答甌餘方公快雪行

招提蕭蕭冷暮色，一樽偶傍文人側。雪花狼籍亂燭花，勝事偕來成兩得。珍重高歌神骨蒼，苔文寫出鳳飛揚。祇今晚節風塵外，蒼生之念猶皇皇。伊余落拓寄耕畔，閒情時一及書翰。公復丹青妙入神，濡毫造物斯淩亂。再肯譜作快雪圖，千巖瀰漫北風呼。不見惠連一賦鏗有聲，今茲風流豈遂無。

送計甫草

入秋十日猶酷暑，送子北渡黃河流。沙田烟起日爚赫，踟蹰周道增煩憂。憶昨過門方四月，荷錢帖水長梧楸。祇今倏忽已百日，行驚時序如漚浮。丈夫有家不肯住，何有乎，客中宴坐空庭留。韓康寄跡非吾事，即云食硯詎長謀。此去叫閽須努力，如子遇合寧悠悠。明德景光勞愛惜，不見五十久白頭。

上巳集西湄同周壽岱劉山蔚宋介山賦

爲耽上巳名，力疾一杯酒，新緑爲我覆白首。溱洧芍藥至今開，會稽曲水終灤洄。歲歲風流説古人，古人恨不相追陪。羅坐長年復壯年，乍喜紅葉發當筵。今日春花成共醉，幾時理檝聽啼鵑。

和劉山蔚戲柬雪上人用原韻

每視君詩閬仙爭，製錦更欲贈君曹霸丹青引。君復杯酒多風流，兩年不飲何其忍。自開元寺歷春秋，花晨佳序足綢繆。逃禪蘇晉非予事，與君差喜共千甌。君本讀書見地空，一朝肯與世人同。蓮花秘偈真乘業，不知乾死幾禿翁。自古成名百其行，用長舍短隨生性。詩僧畫僧無不好，胡乃自甘局促彼爲政。南湖著雨春波騰，西郭鳴鳩鳴可聽。蘭亭修禊適茲日，羽觴對坐能爲情。五十擘功功已後，紅塵那即超宇宙。秖聞人戰勝而肥，雞皮猱面君誠瘦。珍重劉君愛爾身，勿學生天且做人。有何此際不了了，細剖誰僞復誰真。

次侯朝宗韻

澶漫干戈裏，隻身何處還。曳裾拙短鋏，垂首閉柴關。日冷開清霧，霜空静碧灣。年華知摇落，爲欲漱幽潺。

偶題

只是居巖壑，飄蕭對白雲。卷舒難自問，襟抱好誰分。龍戰方全劇，鷹騰事莫云。腐儒無用日，何必更論文。

中秋

皓魄恒不減，復從照壁茨。村虛含霧敞，夜寂過雲遲。萬籟隨羣動，孤樽耐獨持。蟄弧無遠近，窮處敢爲辭。

村居訓吴觀明

數畝棲遲地，耕鋤寄野人。清聞惟好鳥，散屧自荒榛。敢分稱高臥，衹應謝鄙身。君能時就我，梅黍共嘗新。

送友人

揮手天涯去，烽烟共此樽。鄉心回片鳥，客路挂雙輴。雲濕秦山冥，風攢塞柳昏。長時遥憶處，相照豈堪論。

過周肯衛東村

僻地容來往，秋天别業清。傾壺耽一醉，好雨坐三更。近水英雲入，新田晚稻平。閒閒堪著賦，何事欲關情。

元夕

雪入侵樓月，衢毹照水燈。朱門誰共得，烏几獨閒凭。静賞憐喧鄙，病寬過酒澄。漏深横吹遠，一任劇相仍。

雨二首

五月黄梅熟，茫茫好雨來。風枝霑更仆，村户掩慵開。對坐迷空曲，何人到草萊。天晴趨種菽，野興本悠哉。

驕蹇愁朱夏，密雲欻自東。未知歡荷蓧，已解滌芳叢。嫩綴鷄蘇碧，弱翻石竹紅。何妨茅屋漏，盡日溟烟中。

晴

四天朝氣清，萬象落新晴。葉露涓涓重，溪鷗涣涣輕。穫畬忙晚麥，集罟喜深泓。未鑒幽人意，飄摇壠畞行。

送汪山人

何地欲歸老，乾坤著處身。一方淮浦月，常此宋城春。鷗泛憑溪澗，雲閒去岫頻。却思散託者，好在遠風塵。

送何次德還金陵何歸自都門

磊落嘉何子，席門亦見投。追隨餘六日，意緒寄千秋。賦草留梁苑，悲歌領蓟丘。南風吹菡萏，憶爾八公陬。

值南村草堂成觀刈麥觸事四首

北極書仍擲，南村業尚留。堂開芳壠接，徑轉濁河收。過雨聞朝爽，落花動夕幽。豺狼寧消息，得使遂林丘。

久抛三徑去，廢院委荒叢。菊蕊失繁緑，榴花强自紅。高枝好蔭日，密葉想飄風。何日幽懷愜，憑軒到眼中。

國計存生計，高高未卜天。徧知勞載穫，幸已慰祈年。當路誰煩策，野人自有田。但期還舊籍，貢賦想依然。

入耳村舂急，尋常高枕時。衣收殘月盡，露濕曉鐘遲。無力酬農父，有情泛酒巵。不堪頭病眩，衰謝早爲期。

宋牧仲古竹圃

勝蹟憐無恙，青青十畝陰。涼吹長夏雨，幽入亂鳴禽。養疾封三徑，開樽時一吟。知應同潦倒，遇我顧情深。

贈賈靜子

及爾論交日，可憐白髮翁。狂名先我在，困跡幾人同。拓落雙杯酒，提攜一藥籠。自然千載事，詞賦已能工。

贈宋牧仲侍衛

永日高齋裏，竹風入座虛。靜看一片石，更著幾番書。藉甚年何早，乘時業不疏。相過頻握手，歲晚欲憐予。

題清溪釣隱圖

去矣漁竿客，悠然一艇間。蘆花殷户小，秋水帶人閒。老盡梁王苑，鄉遥幕府山。一時翔倦翮，萬里早飛還。

答倪闇公惠書

屏跡從天末，伊人肯寄書。論文曾未有，把臂欲何如。風雨吴山迥，蕭條梁苑虚。賦成將過鴈，愧入子雲居。

侯子力園賞玉蘭

春晴宜策蹇，勝地此重過。便坐名花下，入門清興多。枝間明素錦，杯底寫澄波。晚日催歸路，餘情更若何。

有感

大族争牙蘖，單門畏影孤。可憐兩稚子，投老一孱軀。俯仰循頽俗，昂藏失故吾。世情終未當，何用善區區。

秋雲

商飈吹自出，凌亂不成歸。葉葉薄侵漢，熒熒低照闈。寒銜南浦落，澄傍楚江飛。愁絶杜陵叟，偏深咏白衣。

秋風

淅淅生蘋末，蕭蕭下廣除。爽驚殘暑去，涼動小牕虚。陵厲氍鷹隼，空濛蕩尾閭。持將問宋玉，雄雌意何如。

秋雨

層陰鬱不開，交霧入看來。岸柳疏還浄，籬花脆欲頽。淋鈴慘有曲，揮軫漫爲裁。何似東皋足，麥青酒一杯。

秋碪

白露摧梧葉，千聲感授衣。晴階寒玉臂，遠塞憶金微。斷續流哀響，高低出夜扉。亦關幽意在，坐送晚風飛。

秋雁

其能拂歲序，顧侶自長征。低聚紛蘭時，高飛下月明。一聲關塞遠，幾處水天清。更是離羣者，哀多不禁情。

秋螢

腐草憐成汝，輝輝亦可娱。擬星同避月，照夜不成珠。花際驚明滅，席邊遽有無。悲哉隋帝子，窮賞徧山隅。

和牧仲

名花分洛下，高唱繼西園。序復青陽去，時堪白羽繁。幽庭風過竹，小語月當門。不盡稱杯意，誰令戍鼓喧。

過開元寺四首

林眺每如歸，尋幽興不違。疏風迎杖履，秋日滿禪扉。背屋芹芽小，荒池菊蕊肥。偶然清浄地，便欲謝塵機。

地僻延飛蓋，詞場引數公。爲尋支遁侶，翻與鄴園同。紆徑殘花合，短牆一竇通。看碑聯散屧，恰傍水雲空。

隨意窮探陟，都來勝事繁。漁罾翻素瀨，苗麥繡高原。林晚葉仍密，雨多秋更暄。徘徊耽野趣，争忍負芳樽。

只此合簪好，誰能意更拘。不妨移梵唄，暫爾騁吴趨。藉草還遷坐，臨流弄跳珠。甘泉時瀹茗，酒渴自來無。

地僻

地僻深離索，論文快一時。欲從梁苑後，得共郢人期。湅雨梢簷直，鮮風透葛遲。高軒一佇立，河朔豈同巵。

宋介山宅對菊二首

艱虞生事極，無計喚愁輕。綺席君還設，黄花其奈情。月華流素影，瑶瑟動清聲。如此掩關夕，將無意頗傾。

緑葉團根上，斑英照壁稠。悠悠殷坐處，湛湛可憐秋。檻竹相輝映，篝燈一唱酬。安能去物役，心寫此遨遊。

詩稿　卷下

張太史就河南學憲徵太常督四譯館事

藜火光侵二室遥，除書又上使星軺。懷中罔象能空圃，門下崑崙競入潮。銅柱靏雲來白雉，狼山歷雪走玄貂。殊方貢賦傳風俗，知有經籌欵聖朝。

過葉荃伯磊園

緇塵百道裏層城，别墅初開入望清。虚榭眺雲山欲重，欹蘿壓竹翠還輕。榜飛五嶽甍間賦，案引三江甕下枰。早晚素交多勝集，應宜花底醉瑶笙。

寄賈内兄

高軒苦憶歸來日，夾路填淤横積流。未竟雨雲連夏永，浸埋荷沼漸平不。柳絲垂釣懽同入，瓜畔提壺擬再謀。肯耐炎蒸隨步屧，爲教鋤劇待荒丘。

和卹部宿來周公元旦次歸德作時枉駕

仙郎使節下蓬萊，僻地春風玉帳開。乍有丹毫收露冕，還看白雪起平臺。經心翠上樽前柏，到眼香浮臘後梅。酌罷爰書時漫興，登高誰並大夫才。

送周梓庵給諫還荊溪兼訊路廣心吏部

雪園積雪徧春泥，送客春城烟霧低。把酒騎回明玳瑁，論心冰入浄玻瓈。焚章異代留青瑣，高詠芳時滿畫溪。此去巨源憑問訊，近來何以慰山棲。

九日憶南村菊

菊叢此際繁朱蕊，白社高城且暫留。未遂離披空悵望，可堪佳序掩林丘。狂歌潦倒無妨醉，照日參差憶更幽。安得移樽供漫興，罘罳斜遮點清秋。

隋堤

斬盡緑楊不復生，隋堤此日尚爲名。樵通塞馬春風暗，照入荒陴野水清。千步錦帆歸闃寂，幾行紅袖委逢迎。中原龍戰元今古，漫泣天涯數變更。

秋過南村

荒圃秋風選勝過，陶然一榻慰狂歌。炊新有飯抄雲子，雨歇觀漁薦濁河。爽氣西山玉麈柄，榮名北闕錦盤陀。問時自分當原隰，即逐幽棲試若何。

中五臺二首

中五臺，田氏廢園也，僧起文殊院，漫爲之名。

選木遥來汴水東，修成寶地舊王宫。浮烟高鎖朱欄日，噫氣平回金鐸風。共訝諸天法象古，難將一佛漢儀同。鼓鐘刻刻聞清梵，欲照毫光幽杳中。殿閣木瓦皆周藩故府，一佛裸體出藩府中。

圜廊池水静涓涓，公子豪華在眼前。鐵鳳不驅百鳥去，珠林横散萬花妍。招摇更過芳春月，荏苒都忘大梵天。數極混茫中遞變，虚將人事判諸緣。田園曾有百鳥房。

同張祖能侯仲衡叔岱過中五臺時叔岱攜琴

相攜芒屩蕩春煙，力疾花宮眺遠天。沙白寒陰融萬畝，雪晴栝柏出雙顛。即應撫操思流水，漫可尋溪問放船。呼酒黄罏堪似否，促人斜日傍虞泉。

人日同友人遊閼伯臺因過草寺歸留小飲

今歲今時春早回，絶憐晴日浄纖埃。遥青欲起梁王苑，古寺争馳閼伯臺。茗椀空郊開土竈，梅花小榻故人杯。還看淑氣深相引，次第羣芳杖底催。

八月十四夜對客

共坐青天白玉盤，綺羅高襲夜光寒。静分促織聲哀動，望失銀河秋渺漫。縱横一枰殊未了，憑陵百杓肯餘殘。樓頭益上清思發，擬辨婆娑桂影看。

十五夜同劉九同

惜時聊寄少年行，今夕雲開更喜晴。何處桂花飄歷歷，且耽竹葉對清清。狂歌遂爾羲皇世，放跡非干嵇阮名。與子回頭憐歲序，可堪搗藥兔長生。

九月五日至八日雨不絶先是友人有登高之約恐不成矣爲賦

佳辰延眺滿幽懷，宿雨連朝黯未開。取次相看成九日，殷憂何處寄雙杯。濕枝碧柳摇饑雀，嫩蕊黄花倚露苔。向夕東風愈騷屑，不堪吟望片凫來。

王仲凫園賞桂

高秋折簡坐天香，詞客名園重徜徉。吹氣繽紛迷枕席，糾枝連卷照壺觴。欲逢靈隱金千粟，遥寄淮南賦一章。布帽久成抛賤子，追隨容易罄斜陽。

二十三日雨中過劉九同登城即事時河漲不及堤者尺許

秋盡凴高動早凉，城邊物色澹羣芳。千林潦水沾雲白，一片菊花帶雨黄。幸遠魚龍繁窟宅，無妨鴻鴈送青蒼。剡溪桂檝還成阻，却哂王猷未擬狂。

集高都督宅

簾鈎短日易成陰，鼓角輕霜下竹林。不盡白波催泛羽，無須清話隔繁音。鴟夷未許三江楫，定遠遄收萬里心。一榻南州今是否，風流吾乃愧幽尋。

辛丑冬静子逝矣計朝宗之亡前後八年而故人凋落過半慟悼之間爲述短章二首

不禁華髮淚縱横，矯首珠盤斷舊盟。摛藻人間辭宋玉謂牧仲，傷心地下侶侯嬴謂朝宗。空言未是丹砂誤，薄命都將玉樹傾。幾日遡園遺小築，登牀理曲訝琴聲。

聞爾清狂動昔年，洛陽聲價自翩翩。精埋匣劍留豐獄，潁敝中山止硯田。既死尚懷斑管業，無生何處給孤禪。易簀時，尚與牧仲昆弟談文講佛。故人寂寞憐徐穉，把薦生芻意黯然。

九日即事

自少白衣餽酒來，乍逢黄菊一株開。雨餘昨夜難出郭，野興何人獨上臺。庭樹已深乾葉墜，賓鴻尚阻玉關回。晚期微月仍霑濕，户掩妻孥强一杯。

和贈陳其年三首

三年曾記一緘飛，汴水東來乍叩扉。相對素懷君自好，但言聞道我全非。清聞細雨明燈夕，緑映鈎簾草樹肥。不是素心原有合，肯將一斗寄春輝。其年不飲酒，過予盡兩巵。

春風攜手足幽思，倉卒相逢一論詩。淚盡侯生早死日，感深吾子晚來時。文章不少經摧折，南北總多傷故知。若問野夫今伴侣，阿衡阿岱舊塤篪。

尋花西郭暫相將，佳客名花兩擅場。自可百壺貪度曲，真成三日話聯牀。麤疏不計逢時拙，衰謝何當引興長。風土若堪時寄跡，孤笻准擬伴滄浪。

次韻計甫草五日見示

不堪小榻停孤棹，敢謂論交別有神。續縷泛蒲聊共得，談天擊筑故相親。歡將虀薛來今雨，却忘雲霄妬舊賓。君自飛騰饒壯歲，出門那可厭風塵。

贈丁葯園祠部時自鄴之金陵

空群人識舊孫陽，忽漫丹榴對舉觴。僻地高軒驚晤語，炎天疏髮耐蒼涼。攜來鄴下新增賦，看入鍾山古錦囊。九子風流還契濶，擬憑芳訊到江鄉。往有西陵十子詩刻。

送宋牧仲判黄州數年前客有戲爲牧仲作東坡共坐圖者此地此官今適同之亦一奇也賦以志異二首

謝庭省識鳳毛新，帝寵初移侍從臣。由侍衛授。緑鬢年華推佐郡，青雲事業看騷人。閣延雲樹龜峯曉，城倚樓船江浦春。誰繼雄風堪作賦，差當靈蹟譜朱輪。

昔年調笑寄丹青，杖履蘇公共一亭。無意爾時雙繪譜，居然如是兩屏星。雪堂杳杳留春草，赤壁高高還翠屏。文藻山靈應有託，風流異代起飄萍。

答陳緯雲

久識其年佳句裏，不知令弟總能文。一尊邂逅平臺月，七字如攜罨畫雲。壯志君看起蔓草，閒情我但老耕耘。拂琴試欲前鍾子，慚愧朱絃未可聞。

李爾孚先生以平凉郡丞擢黎平守過雪園

支郡偏多使者行，再看萬里下雙旌。周南莫自憐司馬，益部曾誇過長卿。洞被署陳獠女布，熊車地按夜郎城。中原回首客思否，父老甘棠意獨傾。舊爲歸德郡丞。

甲辰歲早齋前臘梅隔年始開邀友小集

臘意已成十日闌，臘梅開及薦辛盤。即無片蕊衝嚴烈，幸不全枝委暵乾。小徑遊蜂初試暖，朋樽抵掌亦成歡。微吟欲按楊州句，暫爾茫茫去百端。

是日飲稍適以禁夜早散再成一章

儘意扳留促綺筵，呼盧刻燭便相捐。不爭夕月偏餘態，況是初春益可憐。嗚柝未聞風細細，嚴更乍短夢便便。髫時猶憶當芳歲，丙夜清樽任劇顛。

宋牧仲致書兼餽有寄

鑷白斜陽照滿裾，飛緘臘日慰離居。遥分楚水黄魚膾，再得吴興赤壁書。校獵幽垌多暇豫，濡毫官閣對清虚。相看十載深懷抱，憶爾風塵迥自如。

少司空楊公以太和殿功成賜馬

司空亮采焕明堂，紀績獨隆拜賜長。勑向高天傳太僕，恩從内廐下飛黄。千花簇絡星雲麗，百寶粧鞍玳瑁光。感激應深馳從者，恭歌魚藻奉君王。

王戒頑給諫枉過有贈曩讀其詩於別所而未見示并索及之

荆扉下馬别情牽，如子相逢動隔年。三月乳鳩飛白日，一龕梧葉坐青天。邇來圖畫看多否，何事詩章莫浪傳。握手細論還此地，五雲回首斷蒼烟。

苦寒護階下梅花

去年不雨梅花遲，今年十月雪封枝。欲開未開故忍凍，滿株滿朵盼需時。東楚香圍三尺地，破蕚酒待百巡巵。郊原別墅應差勝，偶過蕭然勞望思。

寄題半山樓爲宜興曹渭公贈

雲浮黛色薰青霄，南憶銅官淑景遥。精舍迴開陵睥睨，伊人習静緬山椒。碧牕孤坐烟霞入，烏几雄題翰墨驕。顧我端居無勝覽，平臺竹苑久蕭條。

爲魏惟度作聞復修白下先賢祠

傳來勝事長干曲，異代風流起廢祠。碧映層巒仍畫拱，翠餘靈境出松枝。雲山佳士崇千古，蘋藻諸賢更一時。邂逅梁園識魏子，卧遊爲誦枕江詩。

丙午正五日試筆柬仲衡叔岱

燕臺六上復何干，柏葉椒花轉眼看。白髮逢人憎顧影，青雲有客任彈冠。久期梅蕚争舒暖，欲放迎春未破寒。佳興芳時容潦倒，和歌朋舊且交歡。

十六日風雪獨坐憶比歲郊遊東友

元夕頻年引興長，支頤今但踞空牀。不成白帢同心侶，共憩青獅大道場。百日再看逢雨雪，千林恰爾動勾芒。玉壺坐待憑雙屐，浄洗風沙眺曙光。

庭梅次仲衡韻梅仲衡賜

佳園千樹迥知名，席舍遥分疏影横。即匪高枝開爛熳，幸留寒雪佐逢迎。卸鞍不計無鮭菜，索笑深從對月明。青眼幾多復我輩，逢場逸興自旋生。

再次叔岱

清齋徙倚坐孤芳，争似芙蕖失靚粧梅名金蓮花。飛動有懷關水部，杳冥無夢問仙郎。香凝晴雪浮烟白，色上高春入照黄。何事幽耽饒漫興，一樽不共酒人狂。

寄題田雪龕松巢

傳來東圃幽棲地，偃蓋陰陰松幾株。翠影高盤山日静，濤聲遠上石門孤。支頤漫寫歸田賦，回首寧思太守符。十載風塵茲寄傲，問花吟柳得愁無。

庭前小紅梅開

秖訝瓶花當座看，巡簷幽意亦相干。短枝故裊丹霞色，密蕾紛舒紫霧寒。萬樹嶺頭空薈蔚，百年春事未闌珊。裁歌一送高天日，遽止洪飇眼欲寬。

仲衡招看牡丹同賦

連軫緑陰策蹇來，花枝撥悶重徘徊。意中物態看頻過，眼底春歸乍一開。輕霧濃香紛惹袂，深宵初日更銜杯。垂垂芍藥仍相惱，可得狂歌次第催。

九日仲衡宅憶舊有作

因君話舊動悲思，忍道珠盤全勝時。故里欃槍餘涕淚，多年花蕚斷塤篪。驕歌又看籬邊菊，芳序難回鏡裏絲。無恙短笻榆社裏，往酬來勸更何辭。

李青少邀賞菊

折柬來過處士家，雨深三日北風斜。香醪屢困仍耽酒，叢菊紛開忍負花。燈底濕鐘空外度，泥中歸路杖邊賒。高秋未老看猶足，恨不寒更坐月華。

喜雪即事

丙夜微聞動雨聲，開門飛雪太縱横。愁深河上紛紛役，喜慰冬來旦旦晴。旋起移花臨玉砌，聊爲呼酒坐蓬瀛。艱難底事衝泥得，穩待青陽谷口耕。

雪晴後即事偶用唐人雪晴雲散北風寒起

雪晴雲散北風寒，撥悶空庭坐畫欄。望裏玉塵方皓皓，意中鴻羽尚漫漫。相聞馬首衝泥去，不信人間行路難。逸興山陰得是否，層冰一尺等閒看。

正月廿八日見庭前紅梅放花較往年顧早也憶吴明卿詩入春九日紅梅不開有雪後看梅已過時之句南北之不同有作

疏幹點朱紛歷歷，一花如繡始盈盈。江南玉笛吹全落，淮北煙臯看乍榮。遂有微香殷小院，爲耽遲日坐虚楹。花朝却恐悲狼籍，老去當春可奈情。

花朝日仲衡招集西村園亭仲衡時將北遊

看花真不負花朝，結駟勞君折柬招。苦奈繁陰迷白日，恰遲明月醉清宵。霞裁玉鏤班相媚，燕掠鳩呼景自饒。秖應牡丹無與共，薊門望斷暮雲遥。

仲衡招看牡丹不赴以花折贈

望去名花带雨痕，狂飇争此浥沙昏。勝遊虚負南州榻，上客遥傳北海樽。折贈遠塗香遶屋，相憐絶色秀堪飧。吾廬何必須高枕，已遣幽情到綺園。

宋牧仲見寄新詩鯿魚有答

修鱗一再下黄河，相顧殷殷感慨多。紫玉楚南驚砍鱠，鴻詞瀼北見高歌。佐炰漫出開冬酒，憶别歷殘初種荷。似説輓漕星使近，軺車遥復待經過。

戊申冬暖如春入己酉正月陰雪寒甚上元之前日再雪有作

經春日日自鳴風，閉閤寒深累雪中。青鳥殊堪依黑帝，玄冥如是駕蒼龍。衰年意動物華去，令節情殷杯酒雄。元夕名猶牽九陌，可能晴月下高空。

出郭

幽期無恙恣婆娑，勝侣蘭皋更和歌。乍去繁陰驕霽日，重來芳草滿巖阿。逃禪未叩青獅座，把酒從欹白鷺簑。自可當前餘浪跡，唾壺鄙矣怨蹉跎。

賦得三月桃花次第開二首

花劇春深徧弄姿，春風細細入桃枝。照人旖旎霞争發，映水氤氲露轉滋。一樹彊纔看歷亂，千林遥復影参差。流光信美虞銷落，可奈苕華獨勝時。

散綺春郊碧靄中，春晴入望隱玲瓏。憑觀萬樹觀千樹，可愛深紅愛淺紅。嫩蕊殘英紛續續，弱條老幹遞叢叢。未嫌卜晝青絲騎，能遣物華逝水東。

看仲衡西村牡丹同其年仲衡叔岱作二首

西圃君家花樹好，牡丹三醉暮春天。到來細雨輕陰後，望去含苞放蕊前。露坐夕陽人横笛，凝香曲榭鳥窺筵。錦鞍十里偕遊處，何地緑蕪不可憐。

江南曾未比妍姿，珍重佳人一賦詩。麗色偏宜朝露下，清芬無賴午風時。驕歌歷歷將争媚，戲蝶欣欣亦自私。只此乾坤開老眼，更逢好友欲何辭。

秋日同徐邇黄訪雪立和尚訓雪立用原韻

蘭皐秋雨浄無涯，攜侶澄湖弄釣槎。貰酒爾能過五柳，逃禪余可傍三車。野煙細細籠橋晚，慧日微微入座賖。何事重來須把菊，繞籬眉豆正垂花。

與邇黄别久矣喜寺中之遊疊前韻再呈

相將梓里送生涯，差可幽溪共釣槎。遯跡伊人恒閉户，清秋古寺乍停車。遥思縱酒昔年後，忽漫衰翁樂事賒。步履尚堪朋輩少，還期佳序數尋花。

東村即事

偶向孤村理數椽，乍晴驅馬暮春天。緑肥榆筴當山徑，紅簇桃花散渚田。寒擁敝裘添夜雨，步輕餘濕破朝烟。爲園一區堪投老，插槿編籬何日邊。

和其年

雪劇新晴意自便，攤書無那攪春眠。相過岸幘清譚下，何似入林勝地偏。座傍蘭燈節已後，星飛子夜興當前。一時賓從多高況，佳會驅人應共憐。

秋盡遣興

窮巷高秋盡，烟霞近一隅。幽耽未索寞，孤緒久荒蕪。沙擁濁河窄，丹題碧葉枯。風鳴立過鴈，霜至刈寒蘆。踏藕封泥破，除蔬剩架扶。菊榮争倩倩，粒熟盡區區。短景饒酣臥，長懷動挽鬚。未辭香麴蘖，那要錦屠蘇。賦急期牛壯，壠回引履迂。讀書拙象罔，采藥問方壺。谿嶠何年志，疏狂落故吾。莫疑當霧豹，只此送泥塗。

哭侯朝宗四十韻

聞訃何能忍，愴然涕泗狂。瘴高迷白日，龍去失干將。彩筆空鸚鵡，鹽車老驌驦。寧無容濩落，遽爾見摧藏。憶昔崇禎紀，一時羣彦翔。風流徧海澨，草萊闢心房。諸子雄分壘，一麾獨擅場。錦淘睢水緑，雪賦漢雲黃。吴下憐翬翟，天中下鳳凰。終軍年未冠，司馬業升堂。山水私同調，塤篪樂未央。春花催度曲，秋月進鳴榔。疑晰柴桑友，醉聯河朔觴。但知矜翰藻，不解問欃槍。睥睨誰爲侶，憑陵我輩行。欻然墟社稷，先次剗丘疆。列宿歸東井，孤魂半北邙。死生一侘傺，南北走倉皇。壬午，李自成破歸德，吴讓伯、延仲、劉千之、張伊人、家霖蒼死。餘子避曹南，朝宗流寓江左。王粲殊方淚，李膺清節殃。河干離猰㺄，江左甚冰霜。猿仄黨人路，槖輕遊子裝。幸焉際廣柳，勉矣拜銀章。弘光黨人獄起，朝宗闔門逃散。後依史公維揚，署高興平監紀推官。契濶頻鑽火，相思九挽腸。衡遥鴻漠漠，峽嶮鯉茫茫。天意紛難測，神州再降喪。宋都羞會稽，漢胄異南陽。覆穴奔豺虎，脱籠駕鷫鸘。海陵辭露菊，雪苑落風檣。珍重故人在，各言兩地傷。鶉衣對咄咄，市酤坐琅琅。十載窮途又，千秋大業光。珠槃益定霸，雲錦更爲裳。突兀元封峙，馳驅寶應將。青藜誰秘閣，白雪應芝房。鞲上鷹還掣，澤中豹未張。玉樓促李賀，舟壑掩蒙莊。丁令無能反，巫咸未可望。郄庭迴短棹，向笛灑清商。匪是饒情態，典型及此亡。中原餘五子，近與予及賈静子、徐邇黄、宋牧仲、家來玉，復爲六子社。短氣向縹緗。

元夕同周敍戎宋中翰葉別駕陳范宋三大尹攜樽聚余門觀燈既酣郡倅丁公過遮道留飲旋復遊范令宅紀事和劉山蔚韻

使君寬放夜，元夕，不禁夜三日，謂之放夜。時太守胡公前後更寬三日。我輩惜春宵。鮭菜無煩顧，壺觴旋可招。當衢塵亦好，露坐飲偏饒。不禁銀花合，肯令蕙火消。旌旄狂漫屈，詞賦醉成驕。謂壽岱。虔果柑誇異，吴兒歌弄嬌。移筵恣散屧，眺月縱長謡。遮莫殘更下，微微辨絳霄。

冬日田家二首

接隣不出村，相過晝還夜。婦兒紡績餘，暴背茅簷下。

社外寡人事，蕭條興頗長。客來理空竈，白酒共黄粱。

題清溪釣隱

玄武湖連野水吞，岸迴鷄犬自村村。一竿隨意歸來晚，烟鎖寒流直到門。

送胡循蜚之杭州二首

溪鳥山花到處幽，二千里外應全收。一時彩筆騰孤棹，争似衡陽記昔遊。胡有遊記。

眼底花朝漫各天，懷人雪苑冷疏烟。并州却望君堪未，歌罷吴趨亦愴然。

贈靜子

丙申，靜子六十二矣。於其初度也，戲成四首贈焉。

賈生垂老硯爲田，惜汝青衫手一編。不道蠹魚成脈望，豈無三度食神仙。

濁酒扶笻一任過，白頭如雪口如河。安車不願驚蓬蓽，丹竈成時春正多。

學書學劍事紛紛，爲佛爲仙共屬君。六十二年思已徧，兀然此後更何聞。

户外朋車引大年，堂中鸜鵒起賓筵。無煩汞客攫金去，且費先生貰酒錢。

贈錢郎

花落空庭雨散絲，爲郎邂逅倒金卮。不勝白髮難杯酒，無奈郎歌入破時。

詩余

金菊對芙蓉 丙辰上巳介山北園大風作

少女何爲，漫騰騰地，那堪作惡良時。儘寒侵衣带，塵惹鬚眉。參差十里花爲徑，都匆匆、過了難窺。當此應教，蘭亭曲水，覆却金卮。　下馬繞步芳姿。幸長紅小白，未葬西施。且尋畦呼酒，並坐遲遲。梨花檸住千堆雪，借清香、屏幛南枝。閒情聊寄，四鍭賭賽，忍使空馳。

春霽和劉山蔚原韻周絫戎卜雨不應戲催東道之作

一抹輕雲，飛水上思他，好雨霑砌。欲見先生，術矜袁李，掐指高談而計。絲絲點點，便期迸落芭蕉碎。謾盈座。争轟，殷殷竚望將無睡。

葉子耐可，惆悵晴空，宋君眸凝，白蹢看濟。坐劉生，移牕日影，午時瞥眼旋驚未。不用烟扉深自閉。當此正好，省却皓首衝泥，銀鞍傍險，出遊清霽。

附録

一、傳誌悼祭

徐作肅傳

劉榛

徐作肅字恭士，商丘人，累世以文業顯。兄作霖，舉崇禎庚午河南第一人。當是時，國家累葉豐豫，文命旁浹，仕無他塗。得獵高秩者，人争以才自見，以是所在標赤幟而狎齊盟，聲氣之通千里，如几席焉。作霖與吴伯裔、伯胤、侯方鎮、方域、張渭、賈開宗諸君子，雄據中州壇坫，南北畏其鋒，而作肅尚未冠，磨礪奮興，追逐於其後，摇筆驚其宿學長者。李自成既陷郡，作霖死，存者獨作肅與開宗、方域耳。順治辛卯，作肅登賢書，方域復修社事，而益以徐鄰唐、世琛、宋犖爲六子，海内之相與求應者落落矣。作肅性疏散，峻風采，精悍之色奕奕流眉宇間，狷潔自命，非一二所愛悦者，掃跡不與通。或邀之上公車，曰：『吾負嗣宗七不堪，僕僕焉，何爲？』而酒後論天下事，慷慨激昂，俯仰古今，又常不能自抑斂焉。遇人以坦懷習處之，愈温沖，顧事有不可，則挺特持之，勃勃使氣，千夫不可回。有毁其友者，面叱之，憾愠數日不解。鄉曲無善狀或非士類，一温顔不假借，間遭之，仰頭顧屋檼，拂衷徑去，當之者亦莫敢尤焉。

劉榛曰：君子小人何辨乎？辨於氣骨之柔剛焉爾。小人雖强厲而荏於中者，自在有欲，則無弗屈也；君子無欲，故萬物不得而降之。先生風節棱棱與文筆同，其孤峭，豈非顯微内外之一致與！予志先生遺事，既見於幽宫之石矣，而復爲申其所未盡云。

（《偶更堂集》卷首）

徐恭士墓誌銘

劉榛

予友徐孝廉恭士諱作肅，世爲河南之商丘人。商丘之族，無有甚遠之世，而徐氏則自唐以來代有顯者。宋南渡時，多從高宗遷臨安去，其不去者，復昌於明，而最著於朝野遠邇間者，則正人公也。予幼，於寇亂後走南門之衢，見有木落而石敧者，曰徐正人坊。或指坊北之第，曰：『正人之裔在焉。』其後漸長，始知正人者諱永達，明宣廟時，爲山西按察使，而坊北之第則霖蒼居也。予不及見雪園人文之盛，猶聞人稱徐、吴、侯、劉津津焉。徐即霖蒼先生，君兄也。

君與朝宗、静子、邇黄、牧仲及其兄子世琛爲六子社時，予年方十七。一日，朝宗季父輔之置酒，所召皆一時名流宿士，予與參末坐。嘿視坐中客，無不爲朝宗絀者。静子號雄辨，朝宗每折其鋒；静子則俛首而笑。最後到者，精悍之色溢於眉宇，抵掌高談，朝宗唯唯稱善。問之，蓋即君也。君以霖蒼爲師，垂髫即隨其兄。後修社事，與諸君子角逐上下，然不刻苦下帷，日從人遊燕爲歡。嘗於酒酣奪吴兒鳳尾紫檀槽，親撥之，切切然爲滑鶯嬌語，人稱謝仁祖風流，於今再見也。後强之，終不復作。晝自必夜分而歸，歸則篝燈吟誦至漏盡，不倦。每爲文，社中人輒怪之，曰：『何從得也？』吴伯裔訪知之，大笑曰：『幾爲偷讀書人所瞞。』

流寇既陷郡城，霖蒼與社中諸君子多以死殉。君退耕於城南之野，無意當世事，有勸駕者，笑謝之。順治辛卯，朝宗密與陳將軍謀，誘之出，嗾數人掖擁而趨，强入闈，遂薦賢書，副主試祠部張公擬第一人，未果，常爲君惜之。

君色正，紫目，雖不及遠，顧盼熒熒，光常射人。幹軀在中下間，然雄姿英發，勃勃飛揚不可羈，而孤高自命，世一切謂可驚可懾者，至君舉，夷然不屑也。工於書，求者多不可得，更無敢以詩若文請者。間爲之，則刻意沈思，屢濡筆，欲落旋止，或竟日不就一言。文出，亦輒刻峭，方王荆公，辨議有根據，意氣風生，娓娓必得其伸而後已。朝宗嘗曰：『静子老於法，恭士精於論。』然苟非所素詳，則雖問亦不對，曰：『吾不能强置吾喙也。』所與遊，必賢豪才士，非其人，亢不與接，所得掃榻而數晨夕者，計甫草、陳其年二人而已。每公車至都門，名卿貴人，争欲致之，君匿不與通。畢試，輒鞭一羸而歸，未幾，亦遂高卧不復出矣。

君嘗與修郡邑志，有以私干者，拒之嚴。其後，書既成，其子世際取讀，君奪而擲之曰：『此非吾筆之舊，尚奚觀哉！』里人有賂别駕，而求伸其訟者，别駕致金於君，君笑曰：『吾豈可污獄貨哉！』立爲書却之。别駕感君言，亦不受其賕，而屈者得直。郡守閔公欲延君主書院，不可得，乃以課試文求定於其家，雖第之最下者，無敢尤焉。而有一言之幾於道，則亦奬譽之不去口。每當春時，輒往舊所謂城南之野，蒔花、種樹、灌畦、刈蔬以自娱，夏或深閉重關，竟日偃仰一榻上，恥造公庭。有方面大吏又宿所識君者，駐節郵亭，與君纔一垣隔，邀君往，君終不往。君舉止落落，若岸然高自位置者，而久與處則益謙。其所著述，歉然嘗不自足也。酒後間出詼語，醉則持觴而笑，無失容。牧仲嘗企羡曰：『吾雖馳王事於四方，然恭士躧赤舄，衣淺翠，白鬚飄飄，未嘗一日不在吾目也。』

康熙二十三年十月二十三日，晨起，步至中庭默坐，移時而卒，年六十九。曾大父周，大父廣，皆不仕。父正顔，湖廣棗陽縣學教諭。母楊氏，繼余氏。楊生子三：宗偉，宗仁，宗益。宗仁，邑庠生，世琛之父也。余生子二：作霖即所謂霖蒼先生也，崇禎庚午，舉河南鄉試第一；次，君也，配庠生賈公耀女。男二：世際，郡學生，娶工部虞衡司郎中宋公炘女；世徵，爲作霖後，娶江南鳳陽府通判曹公大生女。俱李氏出。女二：適庠生李公翥子庠生眉者，賈出也；適考授州同宋公熗子貢生之塙者，李出也。孫男，能昌，世際出，聘辛酉科舉人、候補内閣中書宋公炌子庠生塈女；能承，世徵出。孫女，世際出者一，世徵出者一。

嗚呼！中行純德之士不世有，而文雅風流有卓犖進取之才，介然不污於塵俗，蓋亦古狂狷之流，而聖人所思欲見之者也。恭士之亡，寧獨其文采堪惜也哉！某年月日，卜葬於某原。其孤世際來請銘。銘曰：

於惟徐氏，其系孔遠。自唐嗣聖，有功已顯。宋之學士，處仁有聲。緜緜衣冠，益續於明。鉞毅晟會，各典名城。謙作朕虞，達明五刑。仕有茂績，處有佳士。烈烈奕奕，先兄後弟。世軼如緜，君骨如鐵。灑然清風，皎然白月。士足千秋，豈關處出。後有聞風，懦焉可立。

（劉榛《虛直堂文集》卷十四 清康熙刻補修本）

徐作肅傳

徐作肅，字恭士，解元作霖之弟，幼受學於其兄。及長，有文名，與侯、賈輩交善。能詩善書，爲人落落穆穆，矜重自持。舉辛卯鄉薦，不仕，卒。其從子世琛字來玉，有文名，亦與侯、賈諸人爲社友，後以明經任上蔡訓導。

（劉德昌康熙《商邱縣志》卷之九）

贈徐子序

侯方域

侯子既放，而有喜色。或問焉，曰：『徐子遇也。』或曰：『何也？』曰：『君子憂夫道之不彰，不憂夫身之不遇，道在其友與在其身，一也。苟其友之彰夫道，無以異於身也。徐子，吾友也。』

或曰：『敢問彰夫身與彰夫道？』曰：『今夫舉於鄉，登於國，不知其所以然而然，其未致之也，乃其固也；其既致之，天下以爲幸，而且沾沾然，而且烜烜然，是其彰夫身也，旦暮之遇也。舉於鄉，登於國，知其所以然而然，其未致之也，天下信之；其既致之也，天下以爲重，有所啟而佑焉，有所待而傳焉，是則其彰夫道也。徐子以之。』

或曰：『徐子所遇者，文也，非道也。』曰：『否！徐子之文，寓於道者也。往者大雅不作，浮艷具陳，十年以來，天下之人，淫詞詖説，榛莽塞路。當是時，小生末儒，挾一組織故册子，篇章之積不能以寸，稍稍規而摩之，取富貴如寄。徐子輒閉關高臥，不肯出也。已而，天子下詔書褒崇典型，釐正繁蕪，徐子乃奮起與昌明之運會。嗚呼！天下自此知積學力行之士，必有其報，而僥倖之不可以常試也。息鹵莽之心，務滋植之業，誰之力歟？徐子之文，將不得爲其道乎哉！且余嘗童而習之矣，其人清剛方正，性有所不可，必形於色、發於言，凡其知所守而不變者，非獨區區應世之技能已也。今日天下以文求徐子，徐子以其文易天下；苟其大而能以道求徐子，徐子又必以其道易天下。如若所見，是殆沾沾吾徐子者也，烜烜吾徐子者也。徐子方以爲恥，而乃欲介之以稱觴耶！』

或人默而退。侯子告其友曰：『吾黨登徐子之堂，請即以斯言爲贄矣。無諛辭，無蔽指，使徐子收而藏之，爲息壤焉可乎？』衆皆曰：『然。』遂書以贈之。

（商丘侯氏順治間家刻本《壯悔堂文集》）

祭徐恭士文

劉榛

嗚呼！生無負於生，則死無憾於死。氣之散也其常，而歸之全也有幾。公剛方以自信，立介特而無倚，視世之脂韋齷齪，化百鍊而繞指者，不翅心腑之痌，市朝之恥。

公方公之少也，横一經而侍兄，輒出入乎應社，角先後而走鴻名。迨老成之既謝，僅碩果之有存。雄六子以重結，公精悍而特尊。朝宗嘗曰：徐精於論，賈老於法。聽娓娓之雄辯，誠可關天下之口；觀森森之筆陣，又非徒於孫、吴暗合者也。薄好爵而不出，杜衡門以自喜。晝怡神於縹緗，暮含情於麴米。遊李元禮之門者，擬九天之難升；乞韋貫之之銘者，雖萬縑亦徒爾。威不可刧，利不可誘。羣非獨然，羣然獨否。棱棱乎清自持，巖巖乎高自負。學者苟能獨往獨來而如公，然後可肩斯道而不苟也。

榛慚後起，謬辱忘年，不惜齒牙而推引，俯降鞭弭以周旋。或鬭險而次韻，或角勝以稱觴，或拳飛乎老興，或歌頓夫醉吭。卓然南州之高士，曠然晉代之風流。宜天命而純佑，信君子之吉修。何典型之頓失，曾無患而無災。方朝起而磨鉛濡槧，遽端坐而棟折山頹。日必有夜，朔必有晦。死，非人之所惡也，而在生平無遺行之累。公沈沈於長夜，雖千年而不朝。意嚴氣之所發，猶上摩乎斗杓。蒿里不足賦，楚些不必招。想天上乎差樂，或三山兮遊遨。雖然，亦難慰我緡帶之情，望西州而長號也。

（劉榛《虛直堂文集》卷十五　清康熙刻補修本）

雪園六子社序

侯方域

社者，古道也，舉必以文事焉，其猶行古之道也。古者造士於鄉，教化大行，才賢輩出，則聽其敬業而樂羣，相見則執雉爲贄。傳曰：『執雉者，象文明也。』文之不可以已也如是夫！吾向者雪園之君子，有若吴子伯裔、伯胤、徐子作霖、劉子伯愚，嘗與吾二三子爲之；其從而爲之羽翼者，莫不以文采自著，而以躬行相砥，甚盛事也。無何，雪園有寇難，四子者死，余與賈子開宗散而之四方，徐子作肅與其侄世琛，採橡栗，揮鋤田野，雪園之社虛無人焉。嗚呼！雪園非遂無人也，而其文章散佚，流風歇絶，卒無有爲之收拾而振起之者，雖謂之無人可也。

蓋天下兵革之氣方熾，主持於上者，既不遑修文而議道，而其經術醇雅之望，亦消磨殆盡。後生小有才者，或跳身於猴冠虎翼之間，畔爲異途，羣誚儒行之迂闊，而大雅亡矣。嗚呼！先王鄉教之法失，至使其士罔與修業，而顧欲輔助菁莪之化，復氣運於昌明者，恐未之有也。

乙酉，余自吴返，賈子自淮陰歸，兩徐子相見欷歔，言及雪園舊事，流連者久之。已而曰：『吾四子可以社矣，是固吾雪園之幸而存者也。』余曰：『姑待之。大亂亦既夷矣，天下之人才，其生育而長養之者，未可量也；學古行修，聰明淹貫之士，莫遂謂雪園無其人也，吾將求而益之。』於是三年焉，而徐子鄰唐者出。徐子，宿儒也，是吾昔者雪園四子之所未及收也。三子曰：『可矣。』余曰：『固也，學古行修，聰明淹貫之士，莫遂謂雪園無其人也，吾將求而益之。』於是五年焉，而宋子犖學成於燕而以至。宋子年少有異材，是吾昔者雪園四子之所未及見者也。於是相與左之右之，朝夕而切磨之。又二年焉，而六子之社以成。侯子曰：『吾昔者雪園四子，不可追矣。求之三年焉，而得一徐子焉；求之五年焉，而得一宋子焉；又二年焉，而合徐子、宋子與吾四子者，而乃爲六子焉。然則社之以六子名也，夫豈存乎見少哉！』

（商丘侯氏順治間家刻本《壯悔堂文集》）

雪園五哀詩·徐恭士

宋犖

恭士恭而傲，矯矯雲間鶴。斯人忽九原，書來心驚愕。痛哭念平生，音塵恍如昨。精悍眉宇留，骨相何磊落。難兄曰霖蒼，聲名等李郭。之子稍後起，旗鼓相參錯。文筆追臨川，構思必精鑒。書法鍾張流，人號古釵腳。作詩屢易稿，清新吐糟粕。早篤二吴交，晚踐六子約。朝宗推畏友，篇什勞刪削。一字數推敲，諫官謝謇諤。維酒雅無量，雄談侑康爵。立身迥巉巖，對客展戲謔。吾徒科名艱，獨君薦一鶚。世稱真孝廉，自顧亦不怍。遊梁計與陳甫草、其年，地主皆君託。巋然魯靈光，峻望比盧霍。老攜余季遊余弟介子，共耽林泉樂。人事莽推遷，一旦舟移壑。余失聯床歡，君有掛劍作。懷友疾莫瘳，平臺頓埋玉叶。老成盡凋傷，風騷嘆寂寞。天涯賦《大招》，屋梁月華白。

（《清代詩文集匯編》本《西陂類稿》卷八）

徐恭士

龔鼎孳

曾讀侯生傳，知君伯仲名。此來初伏軾，奇士竟班荊。身世難屠釣，文章散甲兵。十年臥龍穩，處士不噓聲。

（康熙十五年吴興祚刻本《定山堂詩集》卷一五）

徐孝廉恭士

陶季

往昔徐孝穆，云是天麒麟。孝廉踵其武，一躍秋河濱。爲文無近辭，遠溯周與秦。坐擁三萬卷，風雨忘冬春。相逢非夙遊，咳吐攄清真。須信交有道，流俗豈其倫。臨觴温以愉，旨酒紛錯陳。君才自迥絶，勿謂成都貧。裁詩自歡愉，兼以遺所欽。請觀市朝客，白首今如新。

（康熙刻本《舟車集》前集卷二）

徐作霖傳

徐作霖字霖蒼，徐永達之後。父正顔，官棗陽教諭，有學行，七舉鄉飲大賓。作霖少有雋才，入黌爲諸生，好學深思，爲文奇麗，崇禎庚午舉鄉試第一，出萬元吉之門。甲戌對策，言劇賊孔棘，國勢殆矣，天子不可不及時收人心，若崇苛深，相責以文法，恐天下遂亂。同考官傅冠得之，示文震孟，相與嗟賞，謂主父偃、嚴安不能過也，因署上第；温體仁見而惡之，卒斥去。庚辰，再上春官，復不第，乃發憤曰：『天下亂形成矣，無英雄救之必敗。我輩皆不見用，奈何！此爲國家惜，非區區身家計也。』閲二歲，壬午城陷，死于兵。無後。從子纘武字延烈，太學生，有文行，亦以城破殉節。

（劉德昌康熙《商邱縣志》卷之九）

二、序跋題記

偶更堂文集序

劉榛

自朝宗躅齊、梁之舊習，一意於八家之歸，恭士、静子兩先生實左右之。朝宗之文肆，人輒稱爲蘇玉局；恭士之文峭而不輕爲，爲則逼半山；静子嘗兩畏之。予晚出，恭士與爲忘年交，而論文則主於法，尤喜予之自爲法，嘗曰：『惜不令朝宗見也。』予近縱名山湖海之遊，當夫淼淼江天，波疊如雪，而掛長風於片席，先捷羽以遄飛，見彼傴僂牽挽，頭與膝平，喘汗而艱，趾步之進，吾飄忽已過數驛矣。及陵飛岩入，邃壑嵚嵜，峁嶆幽仄，崄巇攀緣而欲絶，每一舉足，心怦怦動，疑有山精鬼物之出入者，蓋天下之至變矣。嘗因是以思於文。彼洶濤萬頃之駭人，而顧若無事，將非朝宗之觀乎？斬蛟屠龍又有説也。躋幽異而出人境，其恭士之文之觀乎？一綫徐通，可以至十洲三島焉。顧朝宗，賓客摴蒱聲伎之轇轕，宵旦無寧晷，而不數年，輒爲文十卷之富。恭士函關高卧，絶一切人世之擾，又後朝宗三十年而亡，何遺笥之落落耶？豈所謂吉人之辭自應無多乎？學者循舊蹊，掇殘芳，不知探異闢新，啟未振之夕秀，讀恭士之文，庶可以悟天下之有靈境矣。言患於世無益，顧以少多爲優絀乎哉！庚午季秋劉榛題。

（《偶更堂集》卷首）

偶更堂詩稿序

劉榛

賈静子先生論詩曰：『杜之雄渾，變雅之遺也；岑、王、孟、賈之清空，變風之遺也。歷宋、元而變風變雅之道亡，及明，有變雅而無風。恭士隨境抒情，庶乎得岑、王四子之意。』朝宗然之。予則謂静子之狹於見而莽於論也，夫區風判雅如以辭而已矣。《小戎》《七月》之章，何遽不可溷於雅？《鴻雁》《黄鳥》之詠，何遽不可夷於風？杜之大，無不有宋、元之雄渾清空，又豈無人而謂區區王、李數子，可盡明一代之全詩哉？夫詩，不可以貌取也。人各有境地，人各有情性，舍我之真而擬於人，則作僞而日拙。是故詩之不同亦如人之貌，兩貌且不可比而似，而乃執數百年之人欲以一貌概之，吾故曰狹於見而莽於論也。先生之詩，窈然以幽，巉然以峭，正如先生之巖巖，不可躋攀，而蕭澹於塵外，其真意無與同也。計甫草稱其自出機柚，吐陳啟新，蓋亦知非所謂岑、王、孟、賈之云矣。奄忽六載間，花月良時皆成岑寂，無復得如宿昔賡倡之樂，而獨誦前後《偶更》之集，猶如對先生傲兀之色也夫。康熙庚午秋九月劉榛題。

（《偶更堂詩稿》卷首）

偶更堂詩稿原序

計東

逬丁卯、戊辰之間，江南北社事大盛。應社創之，復社承之，中州名彦翕然與應、復兩社相唱酬者，梁園數君子也。且此時，白門亦有南雍，海内名士大半繇此應制舉事。高秋七八月，敦槃縞紵，勝流雲集，問訊往來，交錯於道。南方之名士，中原莫不聞；中原之名士，南方莫不識也。最盛者十四五年，至辛巳歲，婁東張先生殁，社事失領袖。壬午歲，中州即大被寇難屠戮，梁園名士幾盡，制科事亦不行。自是以後，風流凋喪，南北聲問阻絶，不通者數年。辛卯歲，吾郡方大有盟會之事，而予於是年秋選海内闈墨，高淳崔正誼明府者，梁人也，以徐子恭士墨藝示予。其文高雅醇肆，予自是知徐子恭士之能制藝。又一年，侯子朝宗以其壯悔堂古文辭盛行於南潮，南潮之士莫不懾伏，而其古文辭出恭士所論定，予自是知恭士之能古文辭。又五年，而予遊於梁，讀徐子《偶更堂詩》，見其古近諸體，燦然大備，又能自出杼機，吐陳啟新，予自是知恭士之又能於詩。蓋予之知恭士凡六年，而始盡恭士之才，亦六年之相聞相思，而今者乃得相見，其難如此。聿聞壬午之前，恭士方弱冠，即與其兄霖蒼齊名雪苑。使予與恭士蚤握手於壇壝倡訓之地，婁東張先生必稱道徐子之詩、古文、制藝不置，何待六年之久而始得相見，始得盡讀其著述也。抑予於朝宗之古文辭也，折服而心師之。及遊梁，而朝宗已殁，僅一登其空堂。而静子、牧仲謂予曰：『朝宗爲文，非恭士所許可，則不敢存稿。』則是恭士之才能，折服乎朝宗也。昔昌黎以元賓不可見，見元賓之友，如見元賓。今予求見朝宗而不得，見朝宗之畏友如見朝宗。而徐子詩集中，長篇短幅，尤拳拳於友生存殁之際，其《哭朝宗詩四十韻》，無異杜甫之哀鄭虔，瑯琊之哀歷下也，殷殷乎古人之心矣。徐子之詩可以傳矣。順治丙申冬杪禾水盟弟計東題。

（《偶更堂詩稿》卷首）

偶更堂詩稿書後

計東

恭士諸體詩，五言古第一，以其堅陗古茂，無一輕靡之筆也。從來學建安、黄初者，易失之輕；學正始、永明者，易失之靡。能去此二病，融貫衆長，何患不造極乎。五言排律次之，若《哭朝宗四十韻》，誠傑搆也。七言絶較勝七言古律，然此皆詳次其偶更堂舊作，若讀其辛丑以後七律如干首，博大深雄，已目短前後七子之墻矣。予觀恭士於身世一切功利之事，大都淡漠寡營，不不樂措意，獨於詩、古文之業，則如老吏，深文鍛鍊，一字出入不肯率然，其命意固已深遠矣。予淺躁踈放，對恭士不覺氣盡。自念遊梁百日，别無可樂，惟樂得良友之教，冀於此道當有小進耳，因識其末如左。吴門小弟計東。

（《偶更堂詩稿》卷後）

三、佚文輯存

明經朝宗墓誌銘

朝宗諱方域，姓侯氏，商丘人。明太常寺卿諱執蒲之孫，户部尚書諱恂之子。享年三十七。以順治十一年十二月十三日卒，歷十年而葬於其里西南之先塋，爲康熙二年九月十八日也。

明經有異才。自朝宗之殁，而其文章已大行於天下。遠方之士偶得其書者，争分自抄録。縉紳之來仕豫者，多牒所部爲取於家者無虚歲，或至數十帙不止。而在朝之名公貴卿，亦率案有其集。嗚呼，盛哉！

朝宗雄峻之士也。既世家子，幼而有大志，從父官京師，於中朝之事無不習知，而尤悉於門户。年十五，應童子試，縣、府、道皆第一。蔣黄門鳴玉一見其文驚異，引與遍交當世士。崇禎己卯，試策應天，與陳黄門子龍、夏吏部允彝、楊解元廷樞、吴太學應箕、陳定生貞慧友善，無不人爲引重。時舉第三，以語中觸諱被黜。順治辛卯，再舉河南第二，有議者復斥，置副車。甲午病甚，更勉就試，而其年遂死矣。既終不得志，故其才不可見，可見者止以其文章。然嘗代其父爲《屯田十議》，又爲《正百姓》《額胥吏》《重學校》等策，最於時事洞切。又寧南侯兵抵江州，欲趨金陵，嘗爲書止其兵不南下。又阮光禄大鋮引與之交，因欲招致吴應箕、陳貞慧，拒不肯往。故其後弘光黨人獄起，三人者卒被羅織。嗚呼！論士先於其大，亦可約略其概也。自立德與功與言，古今以爲三不朽，而恒難其兼者。泝冉、閔、游、夏諸子，殊常異造，不得不各分其科，而後世一工文之士，且代不數人，亦或數百年一見。試取朝宗之文以衡於古之作者，其輝光相映，當無愧焉。則其炳炳於今，以至必傳於後，不既得其至貴者哉。

朝宗爲人，跅弛負氣，每令見者自遠，而遇士之稍能文者，即汲汲譽引不少吝。至貧無力者，或不惜請之當事。爲文立可數千言，於制科文，始不盡附昔之箋注，而晚依宋儒。詩更卓然不染於時。今所傳者，《文集》十卷，《詩集》六卷。其制科義早著於世矣，既其亡也，子曉復輯其遺稿六十篇刻於家。銘曰：

生居華胄兮身不必顯，而獨履其盈。死而聲聞兮壽不必永，而遹大其名。惟所得於造物之已多兮，亦可以有乎其重，而遺乎其輕。

同里年眷弟徐作肅頓首拜撰文。

（《商丘侯氏家乘》卷二）

侯方域文　評論

《送吴徐二子序》：直是一篇奇文，韓歐集中不嘗有。

《贈倪滎陽序》：於零碎不好收拾處，却借之起伏頓挫，生姿生色。關於神氣者不可易到。

《贈彭子序》：轉折處有勁姿，有雋味。

《贈王子序》：既信其文而勉之行，纔是古人贈言之道。

《贈丁掾序》：作一胥吏文説到古今政治大關頭，是何等識見。雄博岸異，堂堂正正，更見力量。

《爲司徒公贈萬將軍序》：轉筆深厚，章意周匝，於文家已得三昧。

《代司徒公贈周生序》：祖父門第交情，最易爲文。并其人小有氣概，故更煙波生色。

《贈江伶序》：極蒼練，而風神更勝，他人即不能有其兩美。

《贈季弟序》：借家世喚起，故易爲文。而抑揚出脱，銖量不失。

《秋園雜佩序》：命意高遠，體裁似衛宏小序。

《大寂子詩序》：不必有意爲文，而感慨悲悼，一往情深。

《彭容園文序》：澹宕紆徐，意外不盡。

《倪涵谷文序》：論文精當。起結歸文正公，更不草草。

《梅宣城詩序》：全以氣韻行文，淋漓振宕，不覺其排。

《八陣圖序》：文臣望淺，武臣志驕，明遂以此亡國。朝宗經濟往往具此，觀者不可徒以文求之。

《曼翁詩序》：此與《梅序》（指《梅宣城詩序》）皆朝宗十五年（指崇禎十五年）舊作，余從其焚棄之餘，特為檢出，以識文體之變，亦以其氣韻生動，不爲風華所掩也。要之《梅序》自勝。

《孟仲練詩序》：大段是歐，然全歐之神，兼韓之氣，以驅遣處勁而肆也。

《贈宋子昭序》：通篇止子昭『皆書諸紳不敢忘』七字是主，餘皆客。

《王瑞信文序》：極周匝，極自然。神法兩到。

《爲司徒公送王博士序》：不必問其切當，自是本論。文若一筆寫成，照映井然，瀟灑閲人。

《樓山堂遺集序》：讀一過，心摧色動，直是流連稱佳，亦不能名其所以佳也。

《戴黄門詩序》：起結縹緲，行文浄而腴，備極烹鍊。

《任王谷詩序》：神韻悠然，韓歐最擅場之作。

《陳緯雲文序》：尺幅中轉變不窮，昌黎之最勝者。

《贈陳郎序》：生死骨肉，情見乎辭。文之真者自不同。

《王彤生詩序》：不深言詩，只就其人上摹寫感嘆一番，又自一調。

《答孫生書》：全乎八家，又不用史漢。

《與王氏請藏經書》：翻覆沈痛，皆争扼要，有令人不得不動者。真神雕手。

《與王仲蒑論物命書》：書在韓歐之間，有開闔，有照應。
《與賈三兄論肉食書》：是昌黎文中第一，果有識者，必不河漢吾言。
《再與賈三兄書》：寫静子入神，規諫計劃已無剩意，尤妙藏工細於渾樸，但見蒼茫，不見刻鏤，不讓首篇矣。又曰：首篇淺，此篇深。首篇略，此篇詳。亦次第不得不爾。
《再與賈三兄又書》：有所悲慨而言，故詞氣激越，然正有飄然之致。
《復孫若士書》：引平仲立論，是借意，却極正當。
《答張爾公書》：寫出張君交情，而議論更不可磨。
《復倪玉純書》：尺幅中具有見解，頗不寂寥。
《代司徒公屯田奏議》：諳練條達，期於可行。朝宗經濟文如此。
《上三省督府剿撫議》：十議皆合時宜，而文之格調又似西京。
《萬孝子割股議》：議極正當，文稱絶作。
《太常公家傳》：數行點綴處，數行大節處，兩兩照映，愈間愈樸。文逼馬遷。
《司成公家傳》：次第生平直敘，而每事穿插照應，極密極老，敘法甚潔。却以飲酒在在點綴作煙波，見文有餘地。
《賈生傳》：行文潔而宕。

《徐作霖張渭傳》：此與《吴傳》（指《吴伯裔吴伯胤傳》）并奇崛。字句氣皆昌黎，而各兩人忽插忽散，忽散忽合，惟《史記·酷吏》極牽引縈回之妙。

《寧南侯傳》：真實一篇史遷得意文字。

《李姬傳》：事奇而傳足以稱之。

《任源邃傳》：寫源邃生氣凛然。

《馬伶傳》：逸情妙景，《史記》中亦不多得。

《重修白云寺碑記》：煉而腴，非昌黎不能。

《重修顔魯公碑亭記》：通篇以太保爲主，略引東坡意，點綴成文，正旨只結尾一句説出。不説魯公，而魯公之可重處自在。

《陳將軍二鶴記》：頓挫飄逸。

《四憶堂記》：峭仄。荆公一路文字。

《鄭氏東園記》：看其一段一段起處是散，而歸結甚密。

《管夫人畫竹記》：盡攬歐公之勝，在結構閒散上。

《重修演武廳事記》：凝然有典謨之象，逼古之文，必傳。

《雲起樓記》：遠而逸，兩絶之作。

《朋黨論上》：確論必傳。

《朋黨論下》：漢、唐、宋有漢、唐、宋之朋黨，明自有明之朋黨，本末源委，各不相蒙。若以前代論明，豈不河漢？明朝門户自四明（沈一貫）始分，至烏程（温體仁）而後士大夫之禍始烈。朝宗家學最熟最悉，故兩篇議論鑿鑿，無一字依傍影響。

《太平仁義之效論》：總不填仁義膚語，獨從『斷』字看出治本，何等識力。

《太子丹論》：刺骨之論。起宋儒而質之，當不復置辯。行文神似子瞻。又曰：大蘇無多層折，小蘇層折覺碎，弱而少雄剛。此的是老泉。静子論極當（按，賈開宗曰：層層議論，斷案處嚴重如山，蘇老泉得意之作），予初評謬矣。

《謝安論》：雄渾深渺，節奏無一不安。

《王猛論》：以猛比之諸葛亮，痛見義士苦心，真千古只眼之議。文更圓暢反覆。

《顔真卿論》：風神頓挫，具打開闔筆。踞廬陵之顛，史論之最勝家。又曰：通篇抑揚感慨，用若干『哉』字上氣，逸而舒。

《于謙論》：直使于少保無辭。文固以度勝者，蒼然悠然，全在『矣』字、『也』字數十處用得回旋有態，東坡晚年絶調也。

《南省試策三》：人教身教，是訓儲本原之論。

《南省試策四》：練達英豁，李文饒一流。

《豫省試策一》：俱從治平上講學，獨見其大勝處尤在切今。

《豫省試策三》：經濟、文章，古人兼之者殊少，此能兼之。

《豫省試策四》：通篇以不治河爲主，變化出没，極文事之樂。

《擬上遣官致祭先師孔子闕里羣臣謝表》：對仗贍麗，有神氣。音韻鏗鏘，有思理。固使徐、庾失步。

《定鼎説》：此説作於戊寅，十五年前即已見及遷都矣。文之沈雄壯麗又自一體，直在《三都》《兩京》之間。

《豎人臧説》：無中生有，駕空蹈虚，發爲大論。

《劉次鄰字説》：遒健。全是荆公。

《書周仲馭集後》：言外嗟惋，含蓄不盡。

《書吴延仲集後》：借司馬相如兩事照映，最感慨而有風神。

《書黄子久畫後》：紆徐，澹宕。

《曹秀才墓誌銘》：是爲秀才誌，却以孺人作主行文，極映帶穿插之妙。

《祭吴次尾文》：纏綿嗚咽，全是一團真氣。此等文正以不必剪裁爲佳。

《代三省督府張公祈雨文》：愷切而嚴正，方是祈告之文。

《爲吴氏禱子疏》：神韻瀟灑。

《西施亡吴辯》：層層推論，精勁無前。

《蹇千里傳》：極老靠盡節奏，人人能見，不必贅譬，然亦直敘耳。神味都從中出，覺處處飛動。可見文不在妝點，一涉妝點便拙，拙便死。提頓分明則神姿四映，無所爲神姿也，老靠耳。老靠固節奏所出。

《送何子歸金陵序》：兩文縱横揮灑，姿態横溢，奇力四放，神明於法度之中無不如意，技止矣。

《宋牧仲詩序》：一氣磅礴，有撼山排嶽之勢。然中間抑多揚少，却從抑處見幽、見逸、見風神。偶覽艾千之一二文，似朝宗此作，然作者知者恐皆難其人也。

《雪園六子社序》：此先王造士、士相見發論，獨拈本原，方見立社之宜。架空鋪敘，至末澹宕收，足潔甚。

《明處士汪君墓誌銘》：首尾一片神氣，激宕吞吐，吾見此文其猶龍也。

《止賈三兄過禹州書》：紆回容與。

《正百姓》：目前之感於衷特深，痛切言之，悲憤言之，無不真切如畫。

《額吏胥》：了然於心，了然於手。

《重學校》：子瞻論『辭達而已矣』之説曰：『辭至於能達，則文不可勝用矣。』邇黄（徐鄰唐）以此評朝宗諸策，真足以當之矣。更愛此篇，行文又在前二作（按，指《正百姓》《額吏胥》）上。其筆下提頓緩急，識者自曉。至言之必盡，今日可用，千年可傳，豈非不朽之作！

（商丘侯氏順治間家刻本《壯悔堂文集》）

後記

教研室規劃點校一套有關清人的别集，并進行了基本分工。我主要從事漢魏六朝文學的教學工作，平時對清代史料很少涉獵，清人文集自然很少閲讀，至于清代的歷史史實甚至基本常識都所知甚少，所以，面對此工作内心頗爲躊躇，欲望畏却步，不敢應承。但教研室同仁熱情高漲，躍躍欲試，愿意承擔。既爲集體工作安排，如果自己遊離其外，又不免有作梗之嫌，故只好勉爲其難，承擔其中的《偶更堂集》的點校工作。儘管《偶更堂集》的内容不多，但對我而言是新閲讀，所以，在工作雜事之餘，先閲讀，後熟悉，慢慢了解作者徐作肅生活的時代環境和交遊、師承等基本事實。可以説，《徐作肅集》的點校過程，對我而言，不是一個點校的過程，而是一個補課的過程。通過此集的點校，我對明清之際的社會生活、政治變革、文學思潮和文人社團情況有了一些基本的認識。教研室同仁的這一舉措，使我對明清之際的社會文化生活情貌有了補課的機會，中州古籍出版社承擔此書的出版，赵建新編輯細心校對书稿，並對書稿進行了加工和潤色，對我均是鼓勵和鞭策，在此一並感謝。